Arthur Richter

Über Leben und Geistesentwicklung des Plotin

Arthur Richter

Über Leben und Geistesentwicklung des Plotin

ISBN/EAN: 9783743495647

Hergestellt in Europa, USA, Kanada, Australien, Japan

Cover: Foto ©Andreas Hilbeck / pixelio.de

Manufactured and distributed by brebook publishing software
(www.brebook.com)

Arthur Richter

Über Leben und Geistesentwicklung des Plotin

Ueber

Leben und Geistesentwicklung

des

Plotin.

Neu-Platonische Studien

von

Dr. Arthur Richter.

Halle,
Druck und Verlag von H. W. Schmidt.
1864.

Vorwort.

Bei Veröffentlichung der vorliegenden Schrift ist der Verfasser von dem Wunsche geleitet worden, in weitern Kreisen Kenntniss und Verständniss des letzten bedeutenden griechischen Denkers zu verbreiten und zur Beschäftigung mit ihm anzuregen. Sie ist zwar selbst nur erster Theil des grössern Ganzen, über dessen Plan und Absicht in der Einleitung gesprochen ist, ist aber dennoch in sich geschlossen und vollständig, insofern sie das Lebensbild Plotins entfaltet und der eingehenderen Betrachtung seiner Schriften Behufs ausführlicher Darstellung seiner Gedankenwelt freie Bahn eröffnet. Wir möchten unsererseits nicht in den Fehler verfallen, über der Entwicklung der Gedanken der Persönlichkeit und der lebendigen Beziehungen zu vergessen, aus denen heraus erst die Gedanken sich entfalteten, und widmeten daher der Persönlichkeit des Philosophen die erste Betrachtung. Wir bitten freundlich aufzunehmen, was wir für jetzt anspruchslos darbieten, und wir würden es als beste Frucht unsrer Arbeit ansehen, wenn Einzelne sich anregen liessen, der speciellen Untersuchung der Schriften des alten Philosophen sich zuzuwenden, von dem man vor allen Anderen sagen kann, dass er Religion besessen und Sehnsucht getragen habe nach der Wahrheit, die in Christo erschienen ist.

Magdeburg im August 1864.

Dr. **Arthur Richter.**

Inhalt.

                                                              Seite

I. Einleitung.
    Beurtheilung Plotins. — Literatur . . I.
II. Quellen dieser Darstellungen . . 26

Erster Abschnitt.
Plotins Lehrjahre zu Alexandria.
III. Geistesleben zu Alexandria 34
IV. Plotin und die alexandrinischen Geistesrichtungen . . 43
V. Plotin und Ammonius der Sackträger . 56

Zweiter Abschnitt.
Plotins Meisterjahre zu Rom.
VI. Religiöses und wissenschaftliches Leben zu Rom und im Römischen Reiche 63
VII. Plotins äussere Lebensumstände zu Rom . . . 78

I. Einleitung.

Beurtheilung Plotins. — Literatur.

Verkannt zu werden ist das Schicksal, dem irdische Geisteshoheit immer ausgesetzt bleiben wird, und gerade je mehr Jemand das Maass der gewöhnlichen Fähigkeiten und menschlichen Eigenschaften überschreitet, um so mehr läuft er Gefahr, von Mitlebenden gleichgültig behandelt zu werden, später den mannigfachsten Missverständnissen unterworfen zu sein und langer Vergessenheit anheimzufallen. Zu dieser Bemerkung giebt uns die Betrachtung der Persönlichkeit und der Schriften Plotins Veranlassung. Er zählt zu den philosophischen Geistern ersten Ranges, und doch hat man seine Schriften Jahrhunderte lang unbeachtet gelassen, hat sie missverstanden und falsch beurtheilt, und auch in der Gegenwart ist diese Schuld der Vergangenheit noch nicht vollständig gesühnt. Allerdings haben geistvolle Franzosen, vornehmlich aber Deutsche, — wir nennen Steinhart, Zeller, Kirchner, — welche mit der gelehrten Kenntniss philosophische Tiefe und Klarheit und jene Hingabe an den fremden Genius verbanden, die allein in die bedeutsamen Gedanken des Andern einzudringen und dieselben wieder auszusprechen vermag, eine richtige Würdigung unsers Philosophen vorbereitet. Indessen sind ihre Arbeiten theilweise in Abhandlungen zerstreut, theilweise bilden sie die Bestandtheile grösserer Werke, und es fehlt noch an einer monographischen deutschen Darstellung, welche die gewonnenen Resultate sammelt, ordnet, zu einer vollständigen Betrachtung der geistigen Entwicklung und Bedeutsamkeit unsers Philosophen organisch verschmilzt. Auch ist das volle Verständniss der Philosophie Plotins wohl noch nicht gewonnen. Abgesehen von den vielen falschen Vorstellungen, welche bei den Halbunterrichteten über ihn herrschen, ist seine Philosophie wohl systematisch reproducirt, aber nicht genetisch begriffen und entwickelt worden, auch bedürfen viele Einzelheiten seiner Lehre noch eingehenderer Erörterungen. Als der grösste Mangel erscheint es aber, dass die Gedankenschätze, welche in Plotins Schriften ruhen, für die Fortentwicklung der Philosophie noch nicht fruchtbar genug gemacht sind. So ist es also wohl nicht ungeeignet, dass wir ein richtiges Verständniss und eine gerechte Beurtheilung Plotins dadurch zu verbreiten suchen, dass wir die innere Entwickelungsgeschichte seines Geistes zu schreiben und zu' würdigen unternehmen. Von dieser innern Geschichte der Seele, wie dieselbe ihre Denkmäler gefunden hat in Schriften, muss bei der Darstellung des Lebens eines Philosophen vorzugsweise die Rede sein, alle äussern Verhältnisse, in denen er sich bewegt hat, müssen dazu in Beziehung gesetzt werden. Diese Entwicklungsgeschichte des innern Lebens des Philosophen ist zugleich die beste, weil naturgemässe, genetische Darstellung seiner Philosophie, die vor jeder systematischen den Vorzug haben wird, dass der wirkliche Verlauf der Gedankenprocesse in ihr zur Anschauung kommt. Wir dürfen uns bei diesem Unternehmen übrigens nicht verhehlen, dass wir gegenwärtig erst im Stande sind, ein Verständniss Plotins einleitend zu begründen und in sein Studium einzuführen, abschliessend wird eine Gesammtdarstellung und richtige Würdigung dann erst möglich sein, wenn die Schriften Plotins einzeln jene Sorgfalt der Behandlung erfahren haben werden, wie dieselbe dem Buche von der Schönheit (Enn. 1, 6) wirklich zu Theil geworden ist. Dass dieses aber geschehe, muss der Wunsch Aller sein, welche sowohl an den geistigen Thaten der Vergangenheit Interesse nehmen, als für die Fortentwicklung der Philosophie in der Gegenwart Sorge tragen. —

Richten wir unsre Aufmerksamkeit zuerst auf die Verkennung und die Missverständnisse, welchen die Philosophie Plotins unterworfen gewesen ist, und versuchen wir die falschen Urtheile über ihn dadurch aufzulösen, dass wir dieselben nach ihren Quellen und Gründen begreifen. Diese Vertheidigung des Genius soll unsre erste Aufgabe sein. Darauf wollen wir die Urtheile und Arbeiten näher in's Auge fassen, welche einem wahren Verständniss und einer gerechten Würdigung Plotins grundlegend vorgearbeitet haben, und endlich versuchen, Hauptgesichtspunkte für eine vorläufige richtige Auffassung unsers Philosophen aufzustellen. — Schon zu Plotins Lebzeiten wagte sich geistige Mittelmässigkeit und Verkleinerungssucht an ihn. [1]) Man nannte ihn einen Schwätzer, weil man die Gedankentiefe seiner Worte nicht verstand, man warf ihm vor, fremde Schriften für seine eignen ausgegeben zu haben, offenbar weil er sich an die geistige Ueberlieferung der Vorzeit überall mit Treue angelehnt hat. Der liebenswürdige und edle Mann, den man so schmähte, brauchte gegen solche Vorwürfe nicht die Geisteswaffen, die ihm zu Gebote standen, sondern zu gross um den Kampf mit der Mittelmässigkeit aufzunehmen, wandte er seine ganze polemische Kraft zur Widerlegung der Irrthümer seiner grossen Vorgänger auf. Nur die Gnostiker schienen ihm bedeutend genug, um selbst den Geisteskampf mit ihnen zu unternehmen, im Uebrigen überliess er die Polemik gegen ihm feindliche Zeitrichtungen seinen Schülern. Auch nach Plotins Tode waren solche verkennenden Urtheile wohl noch nicht verhallt. Die Menschen haben ja zu allen Zeiten das Unbegriffene unter die Füsse getreten, auch können wir aus der stark hervortretenden apologetischen Tendenz der Lebensbeschreibung Plotins von Porphyrius den Schluss ziehen, dass Plotins Charakter und Philosophie manchen Missverständnissen und Anfeindungen ausgesetzt war. Uebrigens war die Schule Plotins und selbst sein grösster und gelehrtester Schüler Porphyrius noch nicht im Stande, so viel Dankenswerthes auch von ihm für die Kenntniss Plotins und seiner Schriften überliefert worden ist, ein eindringendes Verständniss und ein richtiges Urtheil über Plotin zu begründen, was wir ihm nicht zum Vorwurf machen, weil er gethan hat, was er irgend zu leisten im Stande war. In seiner Lebensbeschreibung Plotins sind historische Angaben und erdichtete Bestandtheile nicht genugsam unterschieden, die Angaben selber halten sich sehr an das Aeusserliche der Lebensumstände und gehen nur nebenbei auf die geistige Entwicklung Plotins ein. Wenn Porphyrius bei seiner Anordnung der Schriften Plotins in 6 Abhandlungen zu je 9 Büchern auch einer allgemein üblichen Weise gefolgt sein sollte, so finden wir eine solche Anordnung doch eben so unhistorisch, als wegen der

---

[1]) Porphyrius: de vita Plotini. cap. XVI. cap. XVII.

Spielerei mit den Zahlen unphilosophisch. Für die richtige Auffassung Plotins konnte sein Urtheil noch nicht unbefangen genug sein, er besass noch keine Uebersicht über weitgreifende philosophische und religiöse Entwicklungen, stand Plotin überhaupt noch viel zu nahe. In der spätern Entwicklung der Schule begann dann die Phantasie so sehr den wissenschaftlichen Gehalt zu überwiegen, dass nach Porphyrius von einer eigentlichen Würdigung wenig mehr die Rede sein konnte.

Die zuletzt angegebenen Gründe: Mangel an Unbefangenheit des Urtheils und an wirklich geschichtlicher Uebersicht grosser Entwicklungsreihen philosophischer Gedanken und religiöser Erscheinungen, liessen auch die Kirchenväter, die zunächst unter dem Einfluss der Philosophie Plotins standen, nicht zu einem richtigen Verständniss derselben kommen, soviel sie auch theilweise wörtlich oder mit geringer Veränderung seinen Schriften entlehnt haben und so richtige Urtheile Augustin auch über Plotin gefällt hat. Die Kirchenväter fassen meist nur die Stellung Plotins zu einzelnen christlichen Dogmen, z. B. zum Dogma von der Trinität, von der Vorsehung, in's Auge. Man erblickte in der Trinitätslehre des Plotin eine Analogie zur kirchlichen Trinitätslehre. Diese Trinitätslehre Plotins, die sich in Kürze im 1. und 2. Capitel des Buchs gegen die Gnostiker, ausführlicher Enn. V. lib. I. auseinandergesetzt findet, besteht darin, dass er lehrt: dass das göttliche Wesen sich in einer Dreiheit göttlicher Principien als das Gute, die Vernunft und die Seele entfaltet. Auf diese Lehre haben Eusebius,[2]) Cyrill,[3]) Theodoret[4]) in bezeichneter Weise hingewiesen. Eusebius[5]) ruft das Zeugniss des Plotin in Bezug auf die Annahme der Unsterblichkeit der Seele herbei, Augustin stützt sich in der Lehre von der Providenz auf Plotin. Andere, wie Basilius Magnus,[6]) scheuen sich nicht, mit geringen Veränderungen aus Plotin zu entlehnen;

---

[2]) Eusebius: Praep. Evangel. lib. XI. cp. XVII. über das zweite Princip aus Enn. V. lib. I cap. 4. u cap. 6.
[3]) Cyrill: contr. Jul. V. p. 145. VIII. p. 273.
[4]) Theodoret (Halle 1762) Tom. IV. p. 273. p. 374.
[5]) Eusebius: Praep. Evangel. lib XV. cap. X. cap. XXII. aus Enn. IV, 7.
[6]) Basilius Magnus plotinizans von Jahn 1838 giebt zwei Entlehnungen des Basilius aus Plotin an. Noch drei andere Eug. Levêque vgl. Bouillet: Les Enneades de Plotin. III Paris 1861. p. 638 fg.

in den Schriften, die unter dem Namen des Dionysios Areopagita [1]) bekannt sind, verliert sich nach Baur [8]) der positive Inhalt des christlichen Bewusstseins unbemerkt in die abstracte Transcendenz platonischer Weltanschauung. Bei einer solchen Behandlung unseres Schriftstellers von Seiten der Kirchenväter lässt sich höchstens sagen, dass sie Einzelnes aus ihm wohl verstanden und mit ihrer eignen Weltanschauung verknüpft, dass sie aber keine Einsicht in das volle Geistesleben des Mannes gewonnen haben und ihn daher auch nicht recht würdigen konnten.

Das Verhältniss, in welchem Plotin zu Plato steht, sollte im Zeitalter der Wiederbelebung seines Studiums durch Marsilius Ficinus zwar die Veranlassung werden, dass man auch seine Schriften las und übersetzte, war aber auch zugleich der Grund neuer Missverständnisse. Man suchte in Plotin einen Erklärer der platonischen Philosophie, das Hauptinteresse war dem Plato zugewendet und Plotin wurde nur in Bezug auf ihn gelesen und verstanden. So musste es vollständig übersehen werden, dass Plotin ein hochbegabter philosophischer Geist, voll originaler productiver Kraft ist, der einen ihm eigenen Ideenkreis geschaffen hat und der Hauptvertreter einer ganz eigenen Geistesrichtung ist. Bis auf Marsilius Ficinus lassen sich noch durch das Mittelalter hin deutlich, wenn auch oft vereinzelt, die Spuren des Studiums Plotins wohl verfolgen. An einzelne Namen von Männern, die ihn gekannt zu haben scheinen, soll erinnert werden: Nemesius, Aeneas v. Gaza, Johann Philoponos, Themistius, Michael Psellus, Nicephorus Blemmydas, Gennadius, Gemistus Pletho. Nach Marsilius Ficinus beginnt nun aber eine lange Periode der Vernachlässigung und des Mangels an allem Verständniss unsers Philosophen, indem seine Schriften kaum einmal gedruckt wurden. Als Gründe dieser Erscheinung können wir die Beschaffenheit des Textes anführen. Die an und für sich durch eine oft räthselhafte Kürze wenig verständliche Schreibweise Plotins war durch eine Zahl falscher Lesarten und Fehler noch unverständlicher gemacht, auch fehlte es wohl an Männern, die Plotin geistesverwandt und daher fähig waren in das Verständniss seiner Philosophie einzudringen. Um diejenigen ganz zu übergehen

---

[1]) Engelhardt: Diss. de Dion. Areop. plotinizante. Erlangen 1820.
[8]) F. Ch. Baur: Dogmengeschichte (2. Aufl.) p. 149.

welche in neuerer Zeit, wie Fabricius [9]) und Brucker [10]), nur eine gelehrte Sammlung von Material ohne eine bestimmte Auffassung gaben, so war die Ansicht derer, welche sich bis zu einer solchen selbständigen Auffassung erhoben, meistens von Grundanschauungen bestimmter philosophischer Systeme von vorneherein befangen. Bayle stellt in dem Dictionnaire [11]) die Ansicht auf: dass die Lehre Plotins Spinozismus und Pantheismus enthalte. Diese Ansicht, welche dann oft ohne eigenes Urtheil nachgesprochen wurde, ist darum ganz unhaltbar, weil die Grundlagen des Systems Plotins und des Systems Spinoza's ganz verschieden sind, weil bei einem Philosophen von Pantheismus nicht die Rede sein kann, der die unendliche Transcendenz des Göttlichen über alles bestimmte Dasein behauptet. Von den Geschichtschreibern der Philosophie, die nicht zur vollen Würdigung Plotins gelangt sind, heben wir dann noch zwei hervor, da wir nicht alle Encyklopädien, Geschichten der Kirche und Philosophie namhaft machen können, in denen die Betrachtung Plotins eine Stelle gefunden hat. Bei Tennemann [12]) lag es an seinem kantischen Standpunkt, dass er nicht zum Verständniss der Philosophie Plotins gelangte. Die Probleme für die Untersuchungen Plotins liegen nicht in der Sphäre der sinnlichen Erscheinungswelt, es sind keine Erfahrungsbegriffe, die er denkt, sondern sein hoher Sinn greift über Zeit und Welt in die Ewigkeit hinaus und sucht die ewige Daseinsform der Dinge, das Unendliche und Ideale zu begreifen. Das nennt Tennemann: Schwärmerei, Träumerei der Phantasie, eine phantastische Ausartung, hervorgegangen aus dem Hange der Vernunft, sich im Uebersinnlichen anzubauen. Plotin steht auf den Schultern einer grossen geistigen Vergangenheit, er lehnt sich an seine Vorgänger an, verarbeitet aber alle ihre Gedanken von einem neuen ihm durchaus eigenthümlichen Princip aus, sodass bei ihm alle frühern Ideen theilweise widerlegt sind, theilweise in ganz anderm Lichte und anderer Verknüpfung erscheinen. Dieses Anlehnen an die geistige Vergangenheit betrachtet Tennemann als einen Eklecticismus im schlechten Sinne dieses Wortes, wonach Plotins ganze Bedeutung nur darin

---

[9]) Fabricius: Bibliotheca Graeca V. p. 691—701.
[10]) Brucker: Hist. crit. phil. II. p. 217 fg.
[11]) Tome III. p. 757.
[12]) Geschichte der Philosophie Bd. VI. Leipzig 1807. p. 1 fg.

bestehen soll, dass er ohne originelle Grundideen nur fremde Gedanken gesammelt und willkührlich verbunden habe. Plotin ist ein tiefer religiöser Mensch gewesen, vor dessen Geist einzig der Gedanke Gottes und der Erhebung der Seele zu ihm schwebte; auch diese religiöse Denkweise soll nach Tennemann nichts dem Plotin Eigenthümliches, sondern von ihm orientalischer Anschauungsweise entlehnt sein, als ob ein Grieche nicht auch religiösen Sinn und tiefere Frömmigkeit besitzen könnte. Die Veranlassung zur Entstehung der Philosophie Plotins findet Tennemann nicht in dem innern Zuge und nothwendigen Entwicklungsgange des Gedankens, der, wenn er das Irdische durchmessen, selbst auf das Ewige gelenkt wird, sondern in dem Conflict des Christenthums und Heidenthums, des Glaubens, Wissens und Unglaubens und setzt somit einen Zwiespalt, der erst die Folge der originellen Denkweise der Neuplatoniker war, als Grund ihrer Erscheinung. Wenn wir Tennemanns Ansichten kurz zusammenfassen wollen, so müssen wir sagen: Die schwärmerische und supranaturalistische Philosophie der Neuplatoniker habe zur Lösung der durch den berührten Conflict gestellten Aufgabe orientalische und occidentalische Elemente vereint und sei ein Religionssystem zur Stütze des morschgewordenen Cultus, selbst eine Geisteskrankheit mit der Tendenz der Heilung der Gebrechen damaliger Zeit. In dieser auf Poesie ruhenden Philosophie habe ein mystisches Schauen die begriffsmässige Erkenntniss ersetzt, und dieser träumerische Aberglaube sei wie die Religion selbst ein allgemeines Gut Aller geworden. — Tennemann macht den Fehler, dass er nicht zwischen Plotin und den späteren Neuplatonikern und zwischen den Neuplatonikern und den gleichzeitigen Erscheinungen der Gnostiker und abergläubischen Magier unterscheidet. —

Zu verwundern ist es, dass ein eben so gelehrter als geistvoller und besonnener Forscher wie Ritter [13]) doch unserm grossen und verkannten Philosophen vielfach Unrecht thut. Wenn wir auch hervorheben müssen, dass Ritter das Verhältniss Plotins nicht nur zu Plato, sondern auch zu Aristoteles und der Stoa [14]) in den wesentlichen Punkten richtig bestimmt, so scheint uns seine Behauptung, dass Plotin Neigung zu Meinungen zeige, welche in orien-

---

[13]) Geschichte der Philosophie Bd. IV. Hamburg 1834.
[14]) a. a. O. p. 550.

talischen Lehren die wahre Philosophie suchen, alles Grundes zu entbehren. Die einzige Stelle, die er zum Belege anführt, Enn. V, 8, 6, lässt wohl, wie wir später sehen werden, eine andere Erläuterung zu, als Ritter sie versteht. Auch meint Ritter, dass Plotin dem Aberglauben seiner Zeit zu sehr nachgegeben habe und führt dessen Aberglauben an Weissagungen, Dämonen, Magie, Zauberei als Beleg an. Es ist aber zu erweisen, und von Ritter selbst zugestanden,[15]) dass Plotin in einen Gegensatz zum Aberglauben seiner Zeit getreten ist. Wenn er sich nicht ganz von ihm befreite, so kann das unmöglich als Vorwurf gegen ihn gelten, weil auch der grösste menschliche Genius den eigenthümlichen Charakter seiner Zeit an sich trägt und ihre Vorurtheile nicht ganz zu durchbrechen vermag. Auch den Vorwurf des Mysticismus nimmt Ritter von Tennemann[16]) auf, ebenso findet er bei Plotin die Annahme der Emanation, Ansichten, auf deren Widerlegung wir in anderm Zusammenhange zurückkommen werden. Am bedenklichsten scheint uns Ritters Urtheil zu sein, dass Plotin alle Physik in Magie, alle Ethik in Ascese auflöse,[17]) woran soviel wahr ist, das sowohl Plotins Physik wie seine Ethik eine theologische ist, indem ihm z. B. der höchste sittliche Act im Schauen Gottes besteht. Auch können wir nicht mit Ritter in dem Plan Plotins, eine Philosophenstadt zu gründen, nur Schwärmerei und phantastische Träumerei finden;[18]) dem Philosophen war es damit ein hoher sittlicher Ernst, und wir müssten nach jenem Urtheil Ritters folgerichtig auch alle politischen Bestrebungen der Pythagoreer und Platos phantastische Träumerei nennen. Ritter findet in Plotins Schriften Formlosigkeit, Mangel an Erfindung, Unvermögen widerstrebende Richtungen zu verknüpfen, Geschwätzigkeit, Weitschweifigkeit und Verworrenheit und zieht daraus den Schluss, dass wir es mit den Werken eines alternden Mannes in alternder der Auflösung entgegengehender Zeit zu thun haben.[19]) Der Vergleich des letzten grossen griechischen Philosophen mit einem Greise lag sehr nahe, wenn es nur wahr wäre, dass alle Greise die Schwächen tragen, welche Ritter bei Plotin findet.

---

[15]) Geschichte der Philosophie Bd. IV. Hamburg 1834. p. 552.
[16]) a. a. O. p. 562.
[17]) a. a. O. p. 626.
[18]) a. a. O. p. 545.
[19]) a. a. O. p. 549—50. p. 627.

Doch genug von den Vorwürfen und Missverständnissen der Philosophie Plotins; wenden wir uns zur Betrachtung der anerkennenden Urtheile und der Arbeiten und Schriften, welche einem Verständniss und einer richtigen Würdigung der Philosophie Plotins Bahn gebrochen und dieselbe begründet haben. — Unter den anerkennenden Urtheilen der Zeitgenossen werden wir dem Orakel auf die Frage des Amelius,[20]) wohin Plotins Seele gegangen sei, keinen zu grossen Werth beilegen. Der Gott soll geantwortet haben, dass Plotin, der schon oft in den Wirbeln des Lebens unter himmlischer Leitung sich zum Schauen des Göttlichen und höherer Erkenntniss erhoben habe, in den seeligen Gefilden mit einem Plato und Pythagoras und andern Dämonen im Kreis unsterblicher Liebe ein blühendes und freudenvolles Leben führe. Allerdings tritt zur Charakteristik Plotins auch in diesem Orakel die Hinweisung auf dessen durch die Erhebung des Gedankens zu Gott und zu reinerer Einsicht geweihtes Leben und seine Beziehung zu Plato und Pythagoras uns bedeutsam entgegen. Da es jedoch feststeht, dass Porphyrius mehr von apologetischem als historischem Interesse bestimmt in seinem Leben Plotins Historisches und Erdichtetes nebeneinanderstellte, so muss es zweifelhaft bleiben, ob durch diesen Orakelspruch wirklich der Gott geredet, der Socrates den Weisesten nannte und der übrigens damals lange nicht mehr in Versen sprach, oder ob wir nicht vielmehr in ihm eins jener Gedichte zu erblicken haben, wie sie damals auf die Heroen der Philosophie vielfach verfasst und vorgetragen wurden. Einen um so grössern Werth werden wir aber dem Urtheil des Longinus,[21]) des Philologen und Kritikers unter den Philosophen jener Zeit, beilegen. Er hob den Reichthum und die Originalität der Gedanken Plotins und dessen Genauigkeit in der Behandlung platonischer und pythagoreischer Sätze hervor. Er spricht seinen Wunsch aus, die trefflichen und aller Hochachtung werthen Schriften des Philosophen, namentlich die Abhandlungen über das Seiende und die Seele, in guten Abschriften zu besitzen und studiren zu können. Die Prädikate, welche die Schule Plotin beilegte, wie der Beinamen $\vartheta\varepsilon\iota\acute{o}\tau\alpha\tau o\varsigma$, den er bei Proklus führt, legen Zeugniss von dem Eindruck ab, den Plotins priesterliches Wesen hinterlassen

---

[20]) Porphyrius: de vita Plotini cap. XXII u. XXIII.
[21]) Porph.: de vita Plotini cap. XIX. cap. XX.

hatte. Das hauptsächlichste Verdienst aber, das sich die Schule erwarb, besteht in der Ueberlieferung der Hauptereignisse aus Plotins Leben und in der Herstellung eines richtigen und verständlichen Textes der Schriften Plotins, die in vielen zum Theil von einander abweichenden Handschriften existirten. Dieses doppelte Verdienst hat sich Porphyrius erworben, das unbestritten bleibt, wie wir auch über die Art der Ausführung geurtheilt haben und noch urtheilen werden. — Porphyrius berichtet auch, dass er Inhaltsangaben und Erklärungen zu den Schriften Plotins gefügt habe. Wir vermuthen wohl nicht mit Unrecht, dass diese Argumente und Commentare zu den schwierigern und wichtigern Büchern der Enneaden uns in der Schrift des Porphyrius: $\dot{\alpha}\varphi o\varrho\mu\alpha\grave{\iota}\ \pi\varrho\grave{o}\varsigma\ \tau\grave{\alpha}\ \nu o\eta\tau\acute{\alpha}$ erhalten sei, die mit Klarheit und bündiger Kürze, mit Weglassung aller rednerischen und dichterischen Stellen die Lehre Plotins zusammenfassen und nicht ungeeignet sind in das Studium Plotins einzuführen.. Die erläuterten Bücher der Enneaden sind folgende: I, 2. I, 9. II, 4. III, 6. III, 8. IV, 2. IV, 3. IV, 6. V, 2. V, 3. VI, 4. VI, 5, ohne dass sich die überlieferte Reihenfolge der capp. an diese Ordnung bindet. Erwähnt werden in den Handschriften Commentare des Proklus zu Plotin, die bis auf wenige Spuren verloren gegangen sind. Es würden übrigens die Schriften der Schule, die noch einer eingehendern Bearbeitung fast sämmtlich harren, bei einer Darstellung der Lehre Plotins wohl nicht ohne Nutzen zum Vergleiche mit herbeigezogen werden müssen, und es wäre z. B. nicht uninteressant, die Psychologie durch die ganze Schule hin zu verfolgen.

Bei dem grossen Einfluss, den Plotin auf die Kirchenväter besessen hat, lässt sich von vornherein erwarten, dass es dieselben auch an einer Würdigung unsers Philosophen nicht haben fehlen lassen. Was diesen Einfluss selbst angeht, so kann nicht geläugnet werden, dass der in Dogmen sein Bewusstsein niederlegende Geist der Kirche vielfach von plotinischen Bildungsmitteln getragen ist, denn von Plotins Philosophie werden Argumente entlehnt; die Neuplatoniker lieferten die Waffen zum Kampfe gegen den Gnosticismus, der religiöse Grundcharakter dieser Philosophie gab den Geistern einen höhern Schwung und eine Weihe, die idealistische Tendenz und begriffliche Form befreite von aller sinnlichen Träumerei und Phantastik. So wurde das Studium des Plotin dem Augustin, den wir um seiner Bedeutung willen vor allen Andern hervorheben, selbst eine Vorbereitung zum Christenthum. Bei seinen Aeusserungen über Plotin kommt es auf zweierlei an: auf das Verhältniss desselben zu Plato und zum Christenthum. In ersterer Beziehung ist das bezeichnende Urtheil hervorzuheben:[22] osque illud Platonis, quod in philosophia purgatissimum est et lucidissimum, dimotis nubibus erroris emicuit maxime in Plotino, qui Platonicus philosophus ita ejus similis judicatus est, ut .... in hoc ille revixisse putandus sit. Ein Gleiches besagen die Aussprüche:[23] Recentiores tamen philosophi nobilissimi, quibus Plato sectandus placuit, noluerunt se dici Peripateticos aut Academicos sed Platonicos, a quibus valde sunt nobilitati Graeci Plotinus, Jamblichus, Porphyrius; und:[24] Plotinus certe nostrae temporibus vicinus (is) Platonem caeteris excellentius intellexisse laudatur. Was das Verhältniss Plotins zum Christenthum angeht, so ist seine Philosophie trotz der später von ihr ausgehenden Polemik gegen das Christenthum um willen ihres religiösen Charakters und der Beziehungen, welche man zwischen Platonismus und Christenthum stets gefunden hat, als dem Christenthum in gewissem Sinne verwandt aufgefasst worden. So sagt Augustin[25] von den Neuplatonikern: nulli nobis quam isti propius accesserunt und er findet in einem gewissen Stolz allein den Grund, dass sie das Christenthum nicht annahmen. Er sagt:[26] Pudet videlicet doctos homines ex discipulis Platonis fieri discipulos Christi.

Wenden wir uns zur Zeit der Wiederbelebung seines Studiums.[27] Die allgemeine Begeisterung und Liebe, welche seit dem Concil von Ferrara (1438) durch die Anregungen des Gemistus Pletho, der auf Veranlassung des Cosmus v. Medici in Florenz über platonische Philosophie vortrug, entstanden war, sollte auch dem Plotin zu Gute kommen. Marsilius Ficinus, geboren 1433 zu Florenz, Sohn eines Wundarztes und anfänglich für die Arzeneikunde bestimmt, wurde von Cosmus ganz für das Studium Platos gewonnen. Er lebte in gelehrter Musse mit der Uebersetzung und Er-

---

[22] Augustin: contr. Academ. III, 18.
[23] Aug.: de civitate Dei VIII, 12.
[24] Aug.: de civitate Dei IX, 10.
[25] Aug.: de civ. Dei VIII, 5.
[26] Aug.: de civ. Dei X, 19.
[27] Heeren: Geschichte des Studiums der klassischen Literatur. 1801. 2. Theil p. 35 fg., p. 270 fg.

klärung Platos und der sogenannten Platoniker beschäftigt, † 1499. Nachdem er seine Uebersetzung Platos beendigt hatte, machte er sich auf die Ermunterung des Picus von Mirandola (1463—94), in dessen Schriften sich auch plotinische Elemente nachweisen lassen, an eine Uebertragung der Enneaden in das Lateinische nach einer Florentiner Handschrift (Med. A) [28]. Er fügte Erklärungen hinzu. Diese Uebersetzung ist nicht sowohl eine treue und wörtliche Uebertragung, als vielmehr oft eine Paraphrase. Die räthselhafte Kürze des Textes hat er ergänzt, indem er die zum Verständniss nothwendigsten Worte hinzufügte. Dennoch leidet sowohl die Uebersetzung als Erklärung an vielfacher Unklarheit. Von den plotinischen Studien des Marsilius Ficinus zeugt auch dessen Schrift: theologiae Platonicae de immortalitate animorum libri XVIII. Flor. 1482.

Nachdem die Plotin. Studien Jahrhunderte lang darniedergelegen hatten, sind das Erwachen der Speculation in Deutschland und das Einschlagen von religionsphilosophischen, dem Neuplatonismus verwandten Richtungen der Anstoss einer richtigern Auffassung Plotins geworden. Etwa seit dem Anfang dieses Jahrhunderts (mit wenigen Ausnahmen) sind vorzugsweise in Deutschland und in Frankreich eine Reihe von Arbeiten an das Licht getreten, die unsre Erkenntniss in Bezug auf Plotin in Wahrheit gefördert haben. J. Fichte [29]) suchte nach dem Ursprung der Philosophie Plotins in einem Schriftchen, das manche treffende und charakteristische Bemerkungen enthält. Bouterweck [30]) schied die Philosophie Plotins als eine besondre und eigenthümliche Zeiterscheinung von allen übrigen Theorieen und Philosophieen, die man unter dem Namen der eklektischen und alexandrinischen früher zusammengefasst hatte. Man begann einzelnen Büchern und Enneaden eine besondre Aufmerksamkeit zu widmen, so den ethischen Lehren, der Physik, dem Buch von der Schönheit. Man erörterte einzelne Gesichtspunkte, wie die Stellung

---

[28]) Plotini opera omnia e Graeco in Latinum translata a Marsilio Ficino. Florentiae 1492. Fol. wieder edirt 1540 Saligniaci apud J. Soterem. Fol.; 1559 Basileae apud Pet. Pernam. Ferner abgedruckt in der Baseler, Oxforder und Pariser Textausgabe. —

[29]) J. Fichte: de philosophiae novae Platonicae origine. Berlin 1818.

[30]) Bouterweck: Philosophorum Alexandrinorum ac Neoplatonicorum recensio accuratior (1821) in Comment. Soc. reg. Götting. recent. Vol. V. p. 227—58. (Göttingen 1823.)

des Neuplatonismus zum Christenthum. Das Buch von der Schönheit Enn. I, 6 hat in dem begeisterten, über die Anschauung der irdischen zur Erfassung der ewigen Schönheit sich aufraffenden Fluge der Gedanken, namentlich von Aesthetikern eine besondere Berücksichtigung gefunden, obwohl es auch für die Ethik und für die Erkenntniss der Grundlagen der Philosophie Plotins sehr bedeutende Gesichtspunkte enthält. Ausser ihm waren es die Bücher über den Eros, über die Tugend, das Buch gegen die Gnostiker, welche einer eingehendern Behandlung unterworfen wurden, und von denen Specialausgaben erschienen [31]). Aber auch für Kenntniss und richtige Auffassung der gesammten Philosophie Plotins haben deutsche Gelehrte Sorge getragen. Nachdem seit der Basler Gesammtausgabe, die auf Grund weniger Handschriften ohne Kritik veranstaltet, eine grosse Zahl Fehler in den Text aufgenommen hatte, die Werke Plotins auch nicht einmal herausgegeben worden waren, hat dieses Jahrhundert doch drei Gesammtausgaben gesehen, deren Würdigung

---

[31]) Von frühern Abhandlungen seien erwähnt:

Feistingii: Dissertatio de tribus hypostasibus Plotini. Wittenberg 1694 in 4.

Grimmii: comment., qua Plotini de rerum principio sententia (III, lib. VIII. c. 8—10) animadverss. illustratur. Leipzig 1788 in 8.

Winzeri: adumbratio decretorum Plotini de rebus ad doctrinam mornm pertinentibus. Wittenberg 1809. 4.

Heigl: Plotinische Physik. Landsbut 1815. 1. Abth.

Uebersetzungen:

Studien von Daub und Creuzer I. 1805. p. 30 fg. enthält eine Uebersetzung von III, 8.

Engelhardt: Die Enneaden des Plotin übersetzt etc. Erlangen 1820. I Abtheilung enthält eine Uebersetzung der I. Enneade mit Erläuterungen. (Wird gewöhnlich falsch citirt, mehr als das Angegebene ist nicht erschienen.)

Literatur über Enn. I, 6 spater.

Stellung des Neuplatonismus zum Christenthum:

Tzschirner: der Fall des Heidenthums (ed. Niedner) 1829.

Vogt: Neuplatonismus und Christenthum, Berlin 1835.

Neander: Ueber die welthistorische Bedeutung des 9. Buchs in der II. Enneade des Plotinos oder seines Buchs gegen die Gnostiker (1843) in Abhandlungen der königl. Akad. der Wiss. zu Berlin 1845. p. 299 fg.

Endlich ist namhaft zu machen:

Starke: Plotini de amore sententia. Neuruppin 1854. in 4.

Das Buch gegen die Gnostiker ist Regensburg 1832 von Heigl und zu Berlin 1847 zugleich mit Enn. I. lib. II. von Kirchhoff edirt.

nicht in diesen Zusammenhang gehört.³²). — Dem richtigen Verständniss der Philosophie Plotins haben auf gleiche Weise geistreiche Franzosen ³³) und Deutsche vorgearbeitet. Die Arbeiten der Franzosen sind freilich weniger eine selbständige Reproduction der Gedankenwelt Plotins, sondern bestehen mehr in Auszügen, Uebersetzungen und es ist an denselben das Bestreben hervorzuheben, den Philosophen selbst reden zu lassen; weniger reflectirend über seine Lehre zu schreiben, als mit der eigenen Subjectivität hinter den Werken des fremden Autors zurückzutreten. Wir nennen die Werke von Jules Simon, Barthélemy de St. Hilaire, Vacherot, Bouillet. Die allgemeine Auffassung der Philosophie Plotins von Seiten der Franzosen entbehrt der Schärfe und Richtigkeit, z. B. wenn man dem System des Numenius einen grossen Einfluss auf Ammonius einräumt, oder wenn man den Neuplatonismus aus orientalischen Einflüssen herleiten will, oder endlich gar annimmt, dass Plotin das Vernunftprincip Platos mit dem Erfahrungsprincip des Aristoteles vereinigt habe. Bei den Engländern ³⁴) und Italienern ist es unsres Wissens nur zu Uebersetzungen einzelner Bücher Plotins gekommen.

---

³²) Ausgaben:
Plotini Platonici operum omnium philosophorum libri LIV nunc primum graece editi, cum latina Marsilii Ficini interpretatione et commentariis. Basileae 1580 in Fol.
Nur durch den neuen Titel davon ausgezeichnet:
Plotini Platonicorum coryphaei, opera quae exstant omnia per celeberrimum illum Marsilium Ficinum ex antiquissimis codicibus latine translata et eruditissimis commentariis illustrata cum indice copiosissimo. Basileae impensis Ludovici regis 1615. Fol.
Plotini opera omnia cum Porphyrii vita Plotini et Marsilii Ficini commentariis et interpretatione castigata etc. edit. Daniel Wyttenbach, G. H. Moser, Fridericus Creuzer. Oxon. 1835. III Vol. in 4.
Wiederholt ist diese Ausgabe:
Πλωτῖνος. Plotini Enneades cum Marsilii Ficini interpretatione castigata iterum ediderunt F. Creuzer et G. H. Moser. Paris 1855.
Plotini opera recognovit A. Kirchhoff. Lipsiae 1856.
³³) Französische Literatur.
Jules Simon: Histoire de l'école d'Alexandrie. Paris 1845. tom. I.
Barthélemy de St. Hilaire de l'école d'Alexandrie. Paris 1845.
Vacherot Histoire critique de l'école d'Alexandrie. Paris 1851. 3 tomes.
Bouillet Les Enneades de Plotin. Paris 1857—61. 3 tomes.
³⁴) Englische Literatur:
Plotinus on the Beautiful translated by Thomas Taylor. London 1787.

Nachdem in Deutschland in älterer Zeit bereits Tiedemann[35] eine unbefangenere Würdigung unseres Philosophen angebahnt hatte, waren es Schelling und Hegel, von deren Anregungen Beschäftigung und Kenntniss Plotins ausgingen. Die Schelling'sche Philosophie besitzt in gewissen Perioden selbst innere Bezüge zum Neu-Platonismus, z. B. in der Schrift: Philosophie und Religion 1804, indem Schelling vielfach die Speculation als ein Schauen des Absoluten fasst.[36] Hegel.[37] brach der Auffassung der Philosophie Plotins als einer Schöpfung des hellenischen Gedankens Bahn. Unter den neuern Arbeiten, — da wir nicht jede einzelne Berücksichtigung Plotins in grössern Werken hier erwähnen können, sondern uns mehr an die Angabe der Hauptrichtungen des Urtheils über Plotin halten — treten als besonders wichtig die Schriften von Steinhart, Zeller und Kirchner uns entgegen, die sich auf gleiche Weise durch Gelehrsamkeit und Geschmack, durch ein tief eindringendes Verständniss, wie durch ein feines Gefühl für die Schönheit und Tiefen des behandelten Philosophen auszeichnen. Steinhart beabsichtigte die ganze sogenannte Alexandrinische Schule zu bearbeiten; über den bei einer solchen Darstellung einzuschlagenden Weg sagt er trefflich: non id tantum agendum visum est, ut singulorum philosophorum placita explorentur et dijudicentur, sed origines eorum accuratissime indagendas esse intellexi[38]). Nachdem er bereits früher die Dialektik des Plotin einer eigenen Behandlung unterworfen hatte, untersuchte er das Verhältniss Plotins zu Plato und Aristoteles, er entwickelte dessen Bedeutung als Grammatiker, den Einfluss, den das Studium seiner Philosophie auf die Fortentwicklung der Philosophie in der Gegenwart haben könnte und machte sich endlich auch um den Text verdient. Er fasst die Philosophie Plotins als eine Schöpfung wesentlich griechischen Gedankens, der nur gering von orientalischen Elementen beeinflusst sei; er setzte die Anlehnung Plotins

---

Five books of Plotinus etc. by Th. Taylor. London 1794.
Select works of Plotinus. etc. by Th. Taylor. London 1817, enthält die Uebersetzung von 15 Büchern. —

[35]) Tiedemann: Geist der speculativen Philosophie 1791 fg. Bd. III. p. 263 fg.

[36]) Gerlach: Disputatio de differentia, quae inter Plotini et Schellingi doctrina de numine summo intercedit. Wittenberg 1811 in 4.

[37]) W. W. Bd. XV. p. 1 fg.

[38]) Meletem. Plotiniana p. 3.

an Plato und Aristoteles auseinander, während derselbe zu den nacharistotelischen Schulen doch mehr in einem gegensätzlichen Verhältniss stehe. Die Artikel Steinharts über die Neu-Platoniker, vor Allem über Plotin in der Realencyklopädie sind gedrängte, doch alles Wesentliche umfassende und mit sicherm Urtheil richtig entscheidende werthvolle Uebersichten alles Wissenswürdigen von unserm Philosophen.[39])

Durch eine klare Aufstellung des Grundprincips der plotinischen Philosophie zeichnet sich Zellers[40]) Darstellung aus. Er findet dies Princip in der Annahme der Transcendenz des Göttlichen, Einen, über alles bestimmte Seiende hinausgreifenden Seins und in der Annahme einer intuitiven Erkenntniss des Göttlichen. Er sieht mit Recht in der Philosophie Plotins zwar den historischen, aber nicht den systematischen, alle Principien der frühern Systeme in ein Princip aufhebenden Abschluss der griechischen Speculation. Er charakterisirt Plotins Gleichgültigkeit gegen Naturwissenschaft und Politik und giebt dessen Verhältniss zu den frühern Philosophen und seinen Bildungselementen, zu Philo, den Neupythagoreern, zu Plato, Aristoteles, dem Gnosticismus und dem Christenthum richtig an. Nur scheint uns der Gegensatz Plotins zur nacharistotelischen Philosophie und namentlich zur Stoa doch grösser zu sein, als es Zeller annimmt, denn er ist eben durch das von Zeller aufgestellte Princip ein principieller. Wenn der Neuplatonismus mit den ersten nacharistotelischen Schulen auch Berührungspunkte hat, indem die gleichen Probleme hier wie dort zur Lösung gestellt werden, so scheidet er sich doch durch seinen religionsphilosophischen Charakter scharf von ihnen ab, indem bei ihm Andacht und schauende Erkenntniss und beide mit der höchsten ethischen That zusammenfallen, während bei den atheistischen und materialistischen nacharistotelischen Systemen das rein moralische Interesse abgesehen von dem Gedanken Gottes und der Religion vorwaltet. Wenn auch bei den Stoikern die Religion etwas mehr in den Vordergrund tritt, so wissen doch die Stoiker mehr nur, sich mit derselben abzufinden,

---

[39]) C. Steinhart: de dialectica ratione Plotini. Numburgi 1829.
— Meletemata Plotiniana. Numburgi 1840.
— Realencyklopädie von Walz und Pauly Bd. V. p. 1705 fg.

[40]) Zeller, die Philosophie der Griechen III. Theil II. Hälfte 1852. p. 666 fg.

als dass sie religiösen Inhalt zum Mittelpunkt ihrer Weltanschauung gemacht hätten. — Wir möchten also die Philosophie Plotins von dem Boden der nacharistotelischen Philosophie noch mehr absondern und sie als eine durchaus originale, die zunächst vorangehenden Systeme nicht sowohl durch Umfang oder grössere Zahl der Probleme, sondern durch Tiefe der Lösung sie überragende letzte Erscheinung der griechischen Speculation auffassen. Zeller hätte seine richtige Einsicht, dass das rein speculative Interesse und das Wissen nicht Hauptzweck des Neuplatonismus sei, der Beurtheilung Plotins vielleicht zu Gute kommen lassen, wenn er Plotin noch mehr aus dem Gesichtspunkte aufgefasst hätte, dass derselbe höhere Interessen als das Wissen, nämlich religiöse Interessen, verfolgte. So ist es z. B. ganz richtig, wenn Zeller bemerkt, dass der Neuplatonismus die Uebungen der Volksreligion als Hülfsmittel der sittlichen Thätigkeit ansah, es kann aber noch in einem tiefern Sinne ausgeführt werden, dass das, was dem Plotin als höchstes Denken und sittliche That gilt, selbst seinem Wesen nach religiöser Natur ist.

Endlich haben wir der Schrift Kirchners[41]) Erwähnung zu thun. So dankenswerth diese Monographie über die Philosophie Plotins ist, so haben wir gegen die Art ihrer Ausführung doch einige nicht unerhebliche Bedenken. Zunächst scheint uns Kirchners Construction der Idee des Neuplatonismus gegenüber der historischen Auffassung Zellers unhaltbar zu sein. Kirchner erklärt die attische Philosophie als eine systematische Verschmelzung der ionischen und dorischen Philosophie, sucht im Stoicismus und Epicureismus die alexandrinische Reproduction des in der ionischen und dorischen Philosophie auseinandergetretenen Gegensatzes und erblickt in der Philosophie des Plotin die systematische Aufhebung aller dieser Gegensätze. Die Thesis, Antithesis und Synthesis der hegelschen Methode, deren Unanwendbarkeit auf die Geschichte der Philosophie schon vielfach erkannt ist, sind bei dieser Ansicht zum blossen Schematismus geworden, mit dessen Hülfe gewaltsam eine Aufgabe des Neuplatonismus durch Construction hergeleitet wird, an deren Lösung Plotin wohl nie dachte. Die wichtige Bedeutung des Skepticismus für den Neuplatonismus wird ganz verschwiegen, da

---

41) C. H. Kirchner: Die Philosophie des Plotin. Halle 1854.

sie sich nicht mit in die Construction fügt. — Die Originalität Plotins setzt Kirchner dann vorzugsweise in die Systematik, welche überlieferte Gedanken nur reproducirt und in eine neue Form gegossen, allenfalls umgedacht habe. Dabei wird von ihm die Originalität des nicht blos formalen Grundprincips Plotins und die Zahl seiner durch Lectüre und Kritik vielleicht angeregten, aber immer doch selbständigen Gedanken über Gott, die Seele und deren beiderseitiges Verhältniss übersehen. Kirchners Darstellung, dass die philosophische That des Ammonius die principielle Versöhnung des Plato und Aristoteles gewesen sei, lässt sich dem gegenüber, was Zeller schon vorher gegen eine solche Ansicht nachgewiesen hat, nicht halten. Auch behandelt Kirchner den Neuplatonismus noch viel zu sehr als blosse Speculation und übersieht seinen religiösen Grundcharakter und seine culturgeschichtliche Bedeutung. Was wir endlich bei Zeller durch den Plan seines Werks gerechtfertigt finden, dass er in systematischer Form eine Uebersicht über die Lehren Plotins giebt, sodass der Schein entsteht, als ob Plotin selbst ein System entwickelt hat, das finden wir in der monographischen Arbeit Kirchners weniger an der Stelle. Sie musste ein wahres und thatsächliches Bild unseres Philosophen entwerfen und es musste bei der Reproduction seiner Lehre klar werden, sowohl was er gelehrt, als wie er es gelehrt. Bei jener Darstellung werden nach einem entweder aus dem Gedankenkreise des Schriftstellers entnommenen oder auch vorgefassten Schema der Grundgedanken, die verwandten Gedanken aus allen Schriften gelöst aus ihrem besondern Zusammenhange zusammengetragen und als ein in sich gegliedertes System reconstruirt. Diese Darstellung mag für die neuere Philosophie, in der die Philosophen Systeme schufen, Statt haben, sie kann aber nicht die Aufgabe der Geschichtschreibung der Philosophie da sein, wo wie bei den Alten von einem System doch wirklich eigentlich keine Rede ist. Die Hegel'sche Philosophie hat uns verwöhnt, überall nach Systematik zu suchen, wo von Philosophie gesprochen wird. Die Schriften Plotins erwecken von ihrem objectiven Bestand und Inhalt eine ganz andere Vorstellung als das von Kirchner construirte System Plotins. Wir werden im weitern Verlauf versuchen den wahren Sachverhalt auseinanderzusetzen und unsere Ansicht von einer objectiven Darstellungsweise des alten Philosophen im Gegensatz zu den geistreichen, aber nur halbwahren subjectiven Auffassungen desselben zu entwickeln. Es ist ferner zu erwähnen, dass, so schätzenswerthe Beiträge die Abschnitte in Kirchners Buch: Plotins Verhältniss zu den frühern Philosophen, zur Religion, zu den Gnostikern etc. enthalten, dieselben, weil sie anhangweise auftreten, doch zu wenig in einen innern organischen Verband gesetzt sind. Sie liefern das Material zur Beantwortung der Fragen: nach der innern Entwicklung, der Lebensaufgabe und Weltstellung Plotins und könnten wohl geeignet auf ein gemeinsames Centrum, die Darstellung der geistigen Individualität Plotins, bezogen werden. — Alle diese geäusserten Bedenken gegen Kirchners Buch sind aus Hochachtung vor seiner Leistung und nicht aus anmassender Unterschätzung hervorgegangen, und aus dem Wunsche, dass in Wahrheit die Erkenntniss des alten Philosophen gefördert werde. — Das Urtheil der drei letztgenannten Männer Steinhart, Zeller, Kirchner über Plotins Leistungen hält übrigens eine besonnene Mitte zwischen Ueberschätzung und Nichtachtung.

Auch wir möchten, indem wir mit einigen Zügen auf die Hauptpunkte hinweisen wollen, die bei einer gerechten Würdigung Plotins zur Sprache kommen müssen, keiner Ueberschätzung Plotins das Wort reden. Er ist eine menschliche und historische Grösse. Er hat am Irrthum und an den gemeinsamen Schranken menschlicher Erkenntniss Theil und ist von den Gebrechen seiner Zeit nicht frei, wenn wir ihn auch einer Säule von alter Pracht mitten im allgemeinen Verfall vergleichen möchten. Die Weltgeschichte selbst hat entschieden, dass seine Philosophie dem Evangelium gegenüber nur wie eine Ahnung und ein sehnsüchtiges Vorempfinden der Wahrheit zu betrachten ist. Wir halten uns daher von aller Werthschätzung Plotins fern, welche der über alles Hellenische hinausgreifenden Geistestiefe des Christenthums uneingedenk bleibt. Dennoch möchten wir Plotin und seine Lehre vor Allem in einer Zeit, in der eine tiefe religiöse Bewegung die Gemüther ergriffen hat, zu einem Gegenstand der Betrachtung aufstellen. Schon ein flüchtiger Blick auf seine Persönlichkeit, seine Lehre und den Einfluss, der von ihm ausgegangen ist, wird uns rechtfertigen.

Wie durch einen Zauber werden wir in den Kreis seiner Persönlichkeit gebannt, durch sein hohes Streben mit fortgerissen, durch seine Liebenswürdigkeit gefesselt. Wir erblicken in ihm die höchste Energie philosophischen Strebens verkörpert, das geleitet vom Eros nach der Fülle des Wahren und Schönen ringt, das sich nie genug thut, das stets neue Bahnen aufschliesst, das unerschöpf-

lich in stets andern Fragen die ganze Aufmerksamkeit spannt, von
allen Seiten Licht über den Gegenstand der Untersuchung strömen
lässt und auf diese Weise alle Höhen und Tiefen der Seele anregt und
aufregt. Neben diesem forschenden Sinne besteht seine charakteristische
Eigenthümlichkeit in der religiösen Grundstimmung seines Wesens.
Gott ist sein allgegenwärtiger Gedanke, die Seele und ihre Erlösung die Aufgabe, in deren Lösung alle seine Forschungen sich bewegen. Ihn erfüllte eine tiefe Schwermuth und ein schmerzliches
Gefühl über die Endlichkeit irdischer Existenz, ihn erhob und trug
die Sehnsucht über alle zeitlichen Erscheinungen in die Harmonie
einer idealen Welt, deren Anschauung ihn beseligte. Seine Philosophie war ihm zur Religion geworden, die als eine reinigende
Macht auch sein Leben heiligte und sein Dasein verklärte. Seine
sittliche Grösse besteht darin, dass er, obwohl er religiöse Gemeinschaft, Vaterland, bürgerliche Verhältnisse als Stütze einer sittlichen Existenz durch die Schuld seiner Zeit nicht besass, doch
einen sichern Halt in Gott und in seiner Seele fand, — sich mit
aller Gluth enthusiastischer Liebe an Gott hingab und mit aller
Kraft der Resignation sich in die Innerlichkeit seines Gemüthsle-
bens versenkte. Unser Interesse an Plotin vermehrt seine historische Stellung und sein Schicksal. An die Scheide zweier Welt-
alter gestellt, ein Hellene an Gesinnung und Wort und zugleich
ein Vorläufer christlicher Theosophen, gleicht er der vor dem
Erlöschen noch einmal aufglühenden Flamme. Durch ihn trieb der
hellenische Geist seine letzte Blüthe, in ihm erreichte, wie man
sich ausgedrückt hat, die antike Weltanschauung ihre Höhe. Dennoch, wenn schon C. F. Hermann den erhabenen Gang der Platonischen
Philosophie einer Tragödie verglichen hat, so ist das Geschick Plotins und seiner Philosophie noch in viel höherm Grade eine Tragödie zu nennen, wenn nämlich der Kampf gegen unüberwindliche
Mächte, der Untergang in diesem Kampf und der Hinblick auf unver-
lorne Güter, die im Untergange gerettet werden, tragisch ist.
Der Kampf, den der Neuplatonismus unternahm, war der
Kampf gegen das Christenthum, den Gnosticismus und die Reli-
gionsschwärmerei, und so hoch der Plotinismus über allen andern
gleichzeitigen geistigen Erscheinungen stand, so tief musste er wiederum sich vor dem Wahrheitsgehalte des Evangeliums beugen. Er
konnte dem Christenthum gegenüber nur unterliegen, weil er gegen
unüberwindliche Mächte für ein unwiederbringlich Vergangenes

„die Herrschaft nämlich des hellenischen Gedankens", eintrat. Plotins beste Ideen sollten aber nicht verloren werden. Die begabtesten Kirchenväter haben an seinem Studium ihren Geist gebildet, und als eine still fortwirkende Macht ist seine Philosophie von Einwirkung auf die Ausbildung der christlichen Dogmen gewesen. — Blicken wir kurz auf seine Philosophie. Sie ist eine Schöpfung wesentlich des griechischen Gedankens, auf welche die geistigen Zeitmächte natürlich ihren Einfluss ausgeübt haben. Sie steht auf einem universalen, allgemein menschlichen Standpunkte und ist ihrem wesentlichen Charakter nach Religionsphilosophie. Als solche ist sie die letzte Anstrengung des Hellenismus, die geistige Weltherrschaft zu gewinnen. — Sie bewegt sich in der Gegenüberstellung von Gott und Materie, einer jenseitigen idealen und der diesseitigen irdischen Welt; zu einer Verknüpfung dieser Gegensätze kommt es in der Seele, die an beiden Welten Theil hat. Die Aufgabe und Bestimmung der letztern wird in ihrer Befreiung und Reinigung von der irdischen und in ihrer Erhebung in die ideale Welt gefunden. Der höchste Gedanke dieser Philosophie ist Gott, der Urquell aller Existenz, aus dem alle Dinge sind und zu dem sie zurückstreben, der als der Eine über alles Dasein Erhabene, in ewiger Güte und Schönheit und sich selbst genugsam besteht. Plotin lehrt zwar keinen persönlichen Gott, aber er ist Monotheist, er lehrt einen Gott; wenn er sonst von Göttern spricht, so ist das eine Anbequemung an die gewöhnliche Redeweise. Er ist kein Pantheist, denn obwohl er von der Allgegenwart seines Göttlichen in allen Dingen spricht, so unterscheidet er doch das Göttliche scharf von allem Existirenden und lässt es in unendlicher Erhabenheit über ihm bestehn. Aus diesem Ersten, Göttlichen, Einen, ist zwar nicht durch eine Emanation, aber freilich auch nicht durch einen Schöpfungsact, die Vernunft hervorgegangen, der Inbegriff aller Ideen, welche die Einheit des Göttlichen in einer Vielheit entfalten, ohne das Göttliche selbst durch diesen Act zu trüben oder ihm etwas von seiner Göttlichkeit zu rauben. Die dritte Stufe in der Reihe der Wesen nimmt die Weltseele ein, die in ähnlicher Weise an der Vernunft, wie diese am Göttlichen Theil hat, durch welche ein Wiederschein des göttlichen Wesens allen Dingen eingebildet wird, indem sie die sichtbare Welt ordnet und schmückt. In diesen drei Wesen: dem Einen, der Vernunft und der Weltseele erschliesst sich die Fülle des göttlichen Wesens; sie bilden die intelligible Welt, der eine besondre Art des Seins zukommt. Im Gegensatz zu ihr steht die sichtbare Welt, deren allgemeine Daseinsformen andere Kategorien, als bei der idealen Welt bilden. In dieser sichtbaren Welt ist das dem Göttlichen Gegenüberstehende die Materie, die in den Dingen das eigentlich sinnliche und natürliche Element ausmacht, und die zugleich in ethischer Beziehung die Quelle des Bösen und des Uebels wird. Die Natur wird im Uebrigen von Plotin ganz vom religionsphilosophischen Standpunkte betrachtet und die Physik löst sich somit auf, denn es sind die Fragen nach der Vorsehung, nach dem Schicksal, nach Zeit und Ewigkeit, die Plotin in der Naturphilosophie abhandelt. Er betrachtet die Welt übrigens als gut und hat diese Ansicht gegen gnostische Lehren von einem bösen Demiurg und einer bösen Welt vertheidigt.

Die Seele, welche in der Mitte zwischen Gott und Welt steht, und in der und durch die die Erhebung und Läuterung alles Weltlichen zum Göttlichen stattfindet, betrachtet Plotin in ihrem ewigen Wesenszustande als ursprünglich der idealen Welt angehörig. Aber sie ist aus ihrem ursprünglichen Zustande gefallen und durch eine erste Schuld vom idealen Dasein und vom Göttlichen losgetrennt, in einen Körper herabgesunken, dessen belebendes Princip sie zwar ausmacht, durch den sie aber auch mit der Sinnenwelt verflochten wird. Im Verhältniss zu dieser Welt entwickelt sie nun die Fülle ihrer Thätigkeiten und Fähigkeiten. Sie ordnet und schmückt als sinnliche und bildende Seele ihren Körper. Theoretisch durch Empfinden, Anschauen, Vorstellen, reflectirendes Denken, durch das Gedächtniss, practisch durch Begierde und Leidenschaft setzt sie sich in Inbesitz der sichtbaren Welt, zu deren Herrscherin sie berufen scheint. Aber die genannten Fähigkeiten sind nur erst die niedern, welche die Seele in ihrer Verflechtung mit der sinnlichen Welt ins Spiel zu setzen hat. Im Verhältniss zu der idealen Welt entfaltet sie die Fähigkeit der Erkenntniss durch eine innere Anschauung, durch ein Hinwenden zur Vernunft und zu Gott, in der sie unmittelbar durch Empfindung in den Besitz der Wahrheit gelangt. Auch lebt in ihr der Eros, das sehnsüchtige Verlangen nach dem Zustande in jener idealen Welt, in der sie ursprünglich heimisch war und in der sie als unsterbliche, von den Fesseln des Körpers durch den Tod gelöst, zurückkehren soll. Ihr ganzes diesseitiges Leben soll eine Befreiung von den Banden der sinnlichen Welt, eine innere Reinigung und Läuterung sein. Die Flucht aus der Welt in das ursprüngliche Vaterland der Seele wird der Grundsatz der Ethik. Plotins sittliche Maximen sind voll Reinheit und Strenge, ja bei dem überall durchbrechenden Gedanken der göttlichen Gegenwart und dem Aufschwunge, den die Seele zum Schauen Gottes nimmt, fehlt es der Tugend Plotins selbst nicht an der Andacht und Heiligung. Freilich lehrt er nur eine Weltflucht, keine Weltüberwindung. Sein Eros ist die erhabene und sehnsüchtige Stimmung der zu Gott erkennend aufringenden Seele, nicht die praktische Bethätigung der Liebe im Leben durch Opfer, Wohlthun und Vergebung. — Immerhin aber wird schon dieser flüchtige Blick auf Plotins Philosophie gezeigt haben, dass Augustin nicht mit Unrecht von den Neuplatonikern als von Geistesverwandten spricht.

Die Bedeutung, welche die Philosophie Plotins besitzt, kann ferner leicht erkannt werden, wenn man dieselbe rückwärts und vorwärts in ihrem Zusammenhange mit der Entwicklung der griechischen Philosophie wie mit der Entwicklung der christlichen Glaubenslehre betrachtet, und wenn man sich endlich die Frage aufwirft, ob nicht noch gegenwärtig für die Weiterentwicklung der philosophischen Wissenschaften das Studium Plotins von nachhaltigem Einfluss sein könnte. Was den ersten Punkt angeht, so ist es auch von denen, die Plotin nur für einen Eklektiker in gewöhnlichem Sinne halten, anerkannt, dass alle bedeutenden Gedanken, welche die griechische Philosophie in jahrhundertelanger Entwicklung durch Anstrengung des Geistes gewonnen hat und deren Wahrheitsgehalt sich bewährt hatte, von Plotin aufgenommen und in einen neuen, grossartigen innern Gedankenzusammenhang gebracht sind. Das Verständniss der Schriften Plotins ist nur möglich, wenn man eine nähere Kenntniss der gesammten griechischen Philosophie besitzt, ebenso kann man auch sagen, dass Plotin nicht nur ein Interpret, eine Quelle zur Erkenntniss und zum Verständniss der griechischen Philosophie sei, er ist auch ihr Kritiker, und er versteht es endlich, an die grossen Gedanken der Vorzeit anknüpfend die eignen Ideen zu entwickeln und zu begründen. So sind ihm die grossen Grundbegriffe seiner Philosophie: die Idee des einen Sein, der Vernunft, der Seele schon von den vorsocratischen Philosophen gegeben, wobei es uns gleichgültig erscheint, ob er dieselbe nur durch Vermittlung des Aristoteles oder auch aus andern Quellen kennen gelernt hat. Jene Gedanken aber der Pythagoreer, Eleaten, des Anaxagoras hat er innerlich in einen dialectischen Fluss gebracht, und indem er dieselben zu Grundpfeilern seiner Gedankenwelt machte, umgebildet. Mit Socrates theilt Plotin den ethischen und idealistischen, aller Naturphilosophie abholden Standpunkt, seine Weltanschauung ist aber viel umfassender als die des Socrates und von einer viel grössern religiösen Tiefe. Die Grundgedanken des Plato und Aristoteles sind der Ausgangspunkt seiner Philosophie und ihrer Würdigung, Weiterbildung und Verarbeitung ist so sehr sein ganzes Streben gewidmet, dass man ihn ehedem einen Neuplatoniker nannte, ebenso gut kann er, wie man auch bereits eingesehn hat, ein Neu-Aristoteliker heissen. — Auch die Berücksichtigung der nacharistotelischen Philosophie, die Plotin meist kritisch behandelt, weil er sich mit deren materialistischen Tendenzen nicht befreunden konnte, obwohl er mit ihr auf ähnlichen allgemeinen Grundlagen der Weltanschauung steht, macht ein nicht unbeträchtliches Element in Plotins Schriften aus. Plotin wird also von einer grossen geistigen Vergangenheit getragen, er bildet den Abschluss einer glänzenden Entwicklung und Wissenschaft, schon dies würde ihm abgesehen von selbständigen Leistungen eine grosse Bedeutung verleihen.

Was Plotins Einfluss auf die Fortentwicklung der Wissenschaft angeht, so ist nicht ausser Acht zu lassen, dass er der Gründer der bedeutenden Schule gewesen ist, welche den Kampf um die geistige Weltherrschaft auch dem Christenthum gegenüber bis zum eignen Untergange geführt hat, und wenn auch seine Nachfolger sich nicht die geistige Hoheit und ideale Reinheit Plotins bewahrten, so bleiben sie doch immer die letzten Vertreter des griechischen Gedankens, dessen belebender Pulsschlag von Plotin ausging; Ammonius Saccas hat zwar die ersten Anregungen gegeben, Plotin die Gedankenwelt der Neuplatoniker aber zuerst ausgebildet. Ueber Plotins Einfluss auf die Kirchenväter lässt sich bis zur Stunde, in der die Schriften Plotins selbst noch nicht einmal genügend erforscht und erklärt sind, nur andeutungsweise sprechen. Indessen sind die Spuren, welche man verfolgt hat, und auf die bereits im Verlauf dieser Darstellung hingewiesen ist, doch schon derart, dass es an der Zeit scheint, nicht nur einen Platonismus, sondern noch vielmehr einen Plotinismus sowohl der griechischen, wie der lateinischen Kirchenväter anzunehmen. Wir finden nicht nur einzelne

Gedanken bei den Kirchenvätern, die mit Plotins eigensten Ansichten derart übereinstimmen, dass sie den Enneaden entlehnt zu sein scheinen, nicht nur Erwähnung von einzelnen neuplatonischen Lehren und Büchern, wir finden bei Augustin ein umfassendes Studium und Kenntniss dieses Philosophen, der ihm in der Uebersetzung des Victorinus zugänglich geworden war, eine Entlehnung seiner Argumente aus Plotin, bei andern, wie bei Basilius, selbst eine Entlehnung der Worte, nur dass die Schulsprache des Philosophen in die Kirchensprache übersetzt ist.

Es ist endlich bereits von Steinhart*) auf die Bedeutung der Gedanken Plotins auch für die Fortentwicklung der Philosophie in der Gegenwart hingewiesen worden. Wenn die Schriften des Alterthums überhaupt eine frische Quelle sind, in die der Geist untertauchen muss, um jung gebadet in neuer Kraft hervorzugehen, so könnte es wohl nur eine heilsame Erneuerung des philosophischen Sinnes, der idealen Grundrichtung des Gemüths und eine Erfüllung mit tiefen Gedanken zu Wege bringen, wenn wir eingehend uns mit einer Philosophie beschäftigten, welche alle höchsten Fragen, welche unser Gemüth nur bewegen können über Gott, Welt, die Seele, die Freiheit, das Böse, die Erlösung, die Unsterblichkeit und Seligkeit, sich gestellt hat und zu lösen versuchte; an Plotin könnte sich der niedergebeugte Geist der Speculation wieder zu idealem Gedankenfluge aufrichten. Freilich wird sich eine Parallele der gegenwärtigen geistigen Zustände mit denen zur Zeit Plotins nicht ziehen lassen, da die ganze Weltlage eine ganz andere geworden ist. Dennoch könnte nicht mit Unrecht darauf hingewiesen werden, dass auch gegenwärtig, wie im Zeitalter Plotins, nachdem die Philosophie das Irdische erkannt und sich in Theorien über die endlichen Erscheinungsformen der Seele, über die Natur und den Staat erschöpft hat, dem Denken die höhere Aufgabe gestellt ist, die Bedingungen der ewigen Existenz des Menschen, das Gott zugekehrte Leben unsrer Seele, das Wesen von Gott und Welt und ihr Verhältniss zueinander zu ergründen. An Stelle der Philosophie der Natur, des endlichen Geistes und des Staates tritt die Religionsphilosophie, welche alle tiefsten Kräfte unsrer Seele: Phantasie, Gemüth, Vernunft, auf gleiche Weise in

---

Meletem. Plotin. p. 56.

Bewegung setzt und sich jenen Problemen zuwendet, welche Kant als die höchsten der Philosophie bezeichnete: Gott, Freiheit und Unsterblichkeit. Dieser Geistesrichtung hat aber unter den Alten Plotin, der letzte grosse griechische Denker, noch wenig betretene Bahnen gewiesen. — Suchen wir ihre Spur zu finden! —

II. Quellen dieser Darstellungen.

Die Nachrichten über die Lebensumstände Plotins sind spärlich und unzureichend, namentlich um über den innern Entwicklungsgang des Denkers Licht zu verbreiten. Zwar werden wir bei einer besonnenen Würdigung in die früher von Brukker[1]) und auch noch von Tennemann[2]) über die Hauptquelle, die Schrift des Porphyrius[3]): „περὶ Πλωτίνου βίου καὶ τῆς τάξεως τῶν βιβλίων αὐτοῦ" gefällten Urtheile, die dem Porphyrius Leichtgläubigkeit, Mangel an Urtheil, ja Lüge und Betrug zuschreiben, nicht einstimmen können. Wir dürfen allerdings in jener Schrift kein kritisches Geschichtswerk erwarten und müssen es mit einem Massstab messen, welcher der Zeit, in der es verfasst wurde, entspricht. Wenn wir es beispielsweise mit des Philostratus Lebensbeschreibung des Apollonius von Tyana vergleichen und uns die Darstellungsweise philosophischer Lebensbeschreibungen aus der Zeit der Neuplatoniker, wie die Schriften des Jamblichus und Marinus vergegenwärtigen, so erkennen wir sehr wohl die grossen Vorzüge und den historischen Werth der Schrift des „gelehrten" Porphy-

---

[1]) Brukker: historia critica philosophiae Vol. II. p. 217. Vol. VI. p. 368.
[2]) Tennemann: Geschichte der Philosophie Bd. VI. (1807) p. 29.
[3]) Verfasst 303. Herausgegeben in der Basler Ausgabe der Enneaden 1580, 1615. Von Fabricius: bibliotheca Graeca (1711) lib. IV. pars II. p. 91—147, in der Ausgabe der Enneaden von Creuzer Oxon. 1835, von Kirchhoff. Leipzig 1856, endlich Paris 1850 zugleich mit Diog. Laert. Jamblich: vit. Pythag. etc. Uebersetzt in das Lateinische 1492 von Marsilius Ficinus, 1820 ins Deutsche von Engelhardt, 1857 ins Französische von Bouillet.

rius, in der nur an einigen Stellen der Bericht von Thatsachen durch unkritisch aufgenommene Bestandtheile unterbrochen ist und selbst bei diesen findet die Gläubigkeit des Porphyrius durch die allgemeine Ansicht der Zeit Entschuldigung. Diese Schrift ging hervor aus Pietät [4]) gegen seinen grossen Lehrer. Sie sollte denselben gegen Angriffe der Mitlebenden vertheidigen und ein Denkmal für die Nachwelt zum dauernden Gedächtniss des Philosophen sein. Sie hatte den doppelten Zweck, einmal alle dem Porphyrius bekannten Notizen über das Leben und die Wirksamkeit Plotins zusammenzufassen und einen Bericht über die Recension der plotinischen Schriften abzustatten. Im Grossen und Allgemeinen bildet sie ein fortlaufendes und zusammenhängendes Ganze, und es tritt uns aus ihr das Bild einer über Zeit und Welt zu Gott aufringenden Seele entgegen.

Nachdem Porphyrius Plotins idealistische Denkweise charakterisirt hat, nimmt er die Erzählung seines Todes gleich vorweg, veranlasst durch die Erwähnung der Gleichgültigkeit Plotins gegen seinen Körper und dessen Krankheiten. Dann berichtet er, was er von Plotins Jugendbildung, dessen persischer Reise und dessen Uebersiedlung und Aufenthalt in Rom weiss, bis auf den Zeitpunkt, in welchem Amelius und er selbst (Porph.) mit ihm bekannt wurden. Er theilt mit, dass Plotin bereits damals 21 Abhandlungen verfasst gehabt, und während des 6jährigen Aufenthalts des Porphyrius in Rom 24 Abhandlungen geschrieben habe. Zu diesen Abhandlungen seien noch 9 gekommen, die ihm Plotin nach Sicilien sandte. Hieran möchte man gleich die Mittheilung über die Schreibweise Plotins anreihen. Daran knüpft sich dann der Bericht über dessen Zuhörer, dessen Verehrer und dessen Einfluss über die Frauen, die sich seiner Philosophie zugewandt hatten, über seine gesellige Stellung und über das Ansehn, das er beim Kaiser Gallienus genossen habe. Das zehnte Kapitel, ein Bericht von Sagen, die nach der Vermuthung von Steinhart [5]) auf missverstandenen Stellen von Plotins Worten beruhen, möchte man am liebsten ganz vermissen. Cap. XI, in welchem von dem Scharfblick und

---

[4]) Plotinos. Paris 1854. Prolegom. p. XIX.
[5]) cf. Enn. III. 4. Enn. IV. 4. I. cf. Steinhart in Pauly und Walz: Encyclopädie V. 2. p 1753 fg.

Charakter Plotins gesprochen wird, schliesst sich am besten an cap. IX an. Die Ordnung der capp. wäre also folgende: VI, VIII, VII, IX, XI, XII. Hierauf folgt cap. XIII—XV: eine Beschreibung der philosophischen Versammlungen zu Rom, deren Mittelpunkt Plotin war, worin eine Zahl nicht recht hineingehöriger Notizen, wie z. B. am Anfang von cap. XIV mit hineingeflochten sind. cap. XVI handelt von der Stellung Plotins den Christen, Gnostikern und orientalischen Philosophieen gegenüber. capp. XVII—XXIII umfassen die Urtheile der Zeitgenossen über Plotin. Schliesslich legt dann Porphyrius die Grundsätze dar, nach denen er bei Anordnung der Schriften Plotins verfahren ist.

An diese im Ganzen sich an das Aeusserliche haltende Lebensbeschreibung reihen sich die dürftigen Notizen, welche sich bei Eunapius [6]) finden. Hier wird Plotins Herkunft aus Aegypten berichtet und seine Vaterstadt Λυκώ genannt. Besonders wird sein grosses Ansehn und sein Einfluss auf die Lebensrichtung hervorgehoben. *Πλωτίνου*, heisst es, *ϑερμοὶ βωμοὶ νῦν, καὶ τὰ βιβλία οὐ μόνον τοῖς πεπαιδαιμένοις διὰ χειρὸς ὑπὲρ τοὺς Πλατωνικοὺς λόγους, ἀλλὰ καὶ τὸ πολὺ πλῆϑος, ἐάν τι παρακούσῃ δογμάτων ἐς αὐτὰ κάμπτεται.* Für die eigentliche Lebensbeschreibung verweist er ganz auf Porphyrius.

Auch die Nachrichten des Suidas [7]) sind nur dürftige Notizen, die ausser der Angabe des Geburtsortes des Plotin nichts wesentlich Neues enthalten, indem wir auf die Schlussbemerkung, dass Plotin ausser den Abhandlungen der Enneaden auch noch Anderes geschrieben habe, keinen grossen Werth legen können, da diese Abhandlungen selbst nicht näher bezeichnet sind. Man hat sich bis jetzt darin gefallen [8]), dem Suidas die Fehler in diesem Artikel nachzuweisen und allerdings sowie der Text jetzt lautet, widerspricht er den Nachrichten des Porphyrius, wenn auch nicht darin, dass Porphyrius den Amelius hörte (ehe er nämlich durch diesen dem Plotin bekannt wurde). Ueber die andern Widersprüche kommen wir vielleicht durch eine kleine Umstellung der Textesworte hinweg. Es heisst:

---

[6]) Philostratorum opera ed. Westerman. Eunap. vit. sophist. etc. ed. Boissonade. Paris 1849. p. 455.
[7]) Suidae Lexicon (ed.) Bernhardy. 1853. tom. III. pars II. p. 318.
[8]) z. B. Bouillet: Les Enneades de Plotin 1857. l. p. 317.

Πλωτῖνος Λυκοπολίτης ἀπὸ φιλοσόφων μαθητὴς μὲν Ἀμμωνίου, τοῦ πρώην γενομένου σακκοφόρου, διδάσκαλος δὲ Ἀμελίου, οὗ Πορφύριος διήκουσε... Die darauf folgenden Worte: τοῦ δὲ Ἰάμβλιχος, τοῦ δὲ Σώπατρος sind ein müssiger Zusatz, der nicht allein unbeschadet, sondern zur Wiederherstellung des Sinnes weggelassen werden muss. Die dann folgenden Worte: ἐπὶ δὲ Γαλλιηνοῦ γηραιὸς ὢν διέμεινεν ἄχρι χρόνων ζ' καὶ συνέταξε βιβλία νδ' geben, wenn man Πλωτῖνος als Subject dazu nimmt, keinen rechten Sinn und widersprechen den Nachrichten des Porphyrius, da Plotin weder unter dem Gallienus als Greis noch gegen 7 Jahre ausdauerte (lebte), noch unter ihm allein seine 54 Bücher verfasste, obwohl sich letzteres allenfalls sagen liesse, da er sie grösstentheils während dieser Zeit verfasst hat. Sollte sich nicht lesen lassen: οὗ Πορφύριος διήκουσεν ἐπὶ Γαλλιηνοῦ καὶ διέμεινεν ἄχρι χρόνων ζ' und erklären, indem man Πορφύριος als Subject annimmt: denn Porphyrius hörte unter dem Gallienus und blieb gegen 7 Jahre, insofern Porphyrius sich unter dem Gallienus 6 Jahre lang bei Amelius und Plotin aufhielt (wozu noch des Porphyrius erster einjähriger Aufenthalt unter Gallus hinzuzurechnen ist, daher auch die Lesart Γαλλ(ιην)ο῀υ᾽. Dann würde man fortfahren, indem man Πλωτῖνος wieder als Subject annimmt: Γηραιὸς δὲ ὢν συνέταξε βιβλία νδ', ἅτινα κατὰ ϑ' βίβλους διῄρηται καὶ λέγονται Ἐννεάδες ς, was einen richtigen Sinn giebt, insofern Plotin erst im vorgerückten Alter zu schreiben begann. [9]) Nur καὶ und γηραιὸς ὢν sind verstellt worden. Die Nachricht γέγονε δὲ καὶ τὸ σῶμα ἀσϑενὴς ὑπὸ τῆς ἱερᾶς νόσου ist unverbürgt.

Der Artikel über Plotin im Violatium der Eudocia [10]) ist ein kurzer Auszug aus der Lebensbeschreibung des Porphyrius; im Eingang zeigt Eudocia, dass sie auch andere Nachrichten als die des Porphyrius über die Herkunft des Philosophen kennt.

Die Dürftigkeit dieser Nachrichten für die Darstellung des Lebens und die Entwicklung Plotins wird ergänzt durch seine Schriften selbst, in denen wenigstens seine spätere innere Entwick-

---

[9]) Die Stelle enthält Erinnerungen an Porphyrius: de vita Plotini, cap. III. und cap. IV. (Zu erwähnen ist in Suidae Lex. noch ein Citat aus Plotin: Art. Κόσμος tom. II, 1. p. 364.)
[10]) Anecdota Graeca ed. Villoison tom. I. Venetiis 1781. p. 363.

lung niedergelegt ist und durch Herbeiziehung dessen, was wir sonst über die geistigen Bewegungen seines Zeitalters wissen. — Plotin hat im spätern Lebensalter eine Zahl von Abhandlungen (nach der Angabe des Porphyrius 54) geschrieben, welche alle Hauptfragen seiner Philosophie erörtern, ohne dass man gerade sagen kann, dass sie eine Darstellung des Systems Plotins enthalten. Diese theilte er dem Porphyrius mit, mit dem Auftrage, dieselben zu ordnen und kritisch zu sichten. Porphyrius hat sich dieses Auftrags in einer Weise entledigt, die uns für unsern Zweck, den innern Entwicklungsgang des Philosophen historisch darzulegen, die grössten Schwierigkeiten bereiten würde, wenn nicht bereits von einer andern Seite vorgearbeitet wäre. Zunächst nämlich gab Porphyrius [11]) die historische Ordnung der Schriften ganz auf. Nach dem Vorgange des Apollodorus und Andronikus, welche die Werke des Epicharmus, die des Aristoteles und Theophrastus in ähnlicher Weise geordnet hatten, vertheilte er die 54 Bücher des Plotin in 6 Abtheilungen jede zu 9 Büchern und drückte seine Freude darüber aus, dass ihm eine so vollkommne Zahlenspielerei gelungen sei. Nun ist allerdings seine Eintheilung nicht ganz ohne Princip, indem die einzelnen Enneaden immer Verwandtes enthalten und in ihnen die leichteren den schwereren Abhandlungen vorangehen sollen. Dann fasste Porphyrius wieder zusammen:

I. Die drei ersten Enneaden.

Die erste Enneade ist vorwiegend ethischen Inhalts.

Die zweite und } Enneade ist vorwiegend physischen
dritte } Inhalts.

Bei der dritten Enneade wissen wir übrigens nicht recht, wie lib. IV u. lib. V. dahinein gehört, was Porphyrius auch gefühlt hat.

II. Die vierte und fünfte Enneade.

Die vierte Enneade ist vorwiegend psychologischen Inhalts. Die fünfte Enneade enthält die Lehre von der Vernunft, ($νοῦς$), aber auch hier sind immer andere Probleme zugleich mit berücksichtigt worden.

III. Die sechste Enneade, welche die Lehre vom Absoluten und von den höchsten Principien enthält.

---

[11]) Porphyrius de vita Plotini cap. XXIV—XXVI.

Es ist ganz offenbar, dass hier eine Zahlenconstruction vorliegt, bei der die Herstellung des Exempels 6 × 9 = 54 die Hauptsache ist, und der zu Liebe der wahre Bestand der Sache entstellt zu sein scheint. Die hauptsächlichsten Bedenken, welche sich gegen diese Recension des Porphyrius, neben der übrigens, wie bestimmte Spuren darauf hinweisen, auch andere existirt zu haben scheinen, dürften auf Folgendes hinauskommen:

a) Die chronologische Ordnung der Schriften ist ohne allen Grund aufgegeben.

b) Die Zahl der 54 Abhandlungen zur Herstellung des Exempels ist künstlich erzeugt dadurch, dass:
1) einzelne Capitel zu ganzen Abhandlungen gemacht wurden, z. B. Enn. I, lib. 9. Enn. IV, lib. I.;
2) umfassendere Abhandlungen von demselben Inhalt in eine Zahl von Büchern zertheilt wurden, z. B. Enn. III, 2. 3. Enn. IV, 3. 4. 5. Enn. VI, lib. 1. 2. 3. Enn. lib. VI. 4. 5. Anderes mag weggelassen sein, z. B. Enn. I, lib. 9. und die von Eusebius aufbewahrten Stücke.

c) Das von Porphyrius aufgestellte Princip der Eintheilung und Anordnung ist nicht durchzuführen und zu rechtfertigen, denn wir haben gesehen, dass in Enn. III, wie in Enn. V Vieles enthalten ist, was nicht sich unter das Eintheilungsprincip subsumiren lässt, auch ist die grössere oder geringere Schwierigkeit eines Problems und seiner Erörterung für philosophische Schriften kein Grund, die eine vor die andere zu stellen. Auch begreifen wir nicht die ratio in der Zusammenfassung von Enn. I, II, III, Enn. IV u. V u. Enn. VI; ein gedankenmässiger Fortschritt und Zusammenhang liesse sich vielleicht nur bei Enn. IV, V, VI finden.

Es ist Kirchhoffs[1,2]) aus nichtigen Gründen bisher geschmälertes Verdienst, die lange Herrschaft dieser Recension des Porphyrius gebrochen zu haben. Dass letztere eben so geistlos anerkannt ist, wie sie angefertigt wurde, dass man in allen Schriften nach ihr citirt hat, kann keinen Grund gegen die Annahme der Anordnung von Kirchhoff abgeben. Für unsern Zweck schliessen wir uns aus den entwickelten Gründen an die Ordnung Kirchhoffs an, der

---

[1,2]) Plotini opera. Leipzig 1856.

bemüht gewesen ist, nach den Angaben des Porphyrius, die chronologische Reihenfolge der Bücher aufzustellen und dieselben auf ihren ursprünglichen Bestand zurückzuführen. Ein Bedenken können wir freilich nicht unterdrücken, ob nämlich Porphyrius in cap. IV - VI uns wirklich die chronologische Reihenfolge der Bücher überliefert hat. Diese Frage zu erledigen müssen wir jedoch fallen lassen, denn sie könnte nur aus Gründen entschieden werden, die ein so specielles Eingehen in Inhalt und Zusammenhang der Schriften Plotins erfordern, wie dieselbe als für unsern Zweck zu weitführend und nicht dienlich genug erscheint.

Die von Kirchhoff nach den Angaben des Porphyrius aufgestellte chronologische Ordnung der Schriften Plotins ist folgende, indem wir dabei ohne Bedenken uns der von Porphyrius gewählten Ueberschriften bedienen [13]:

I. περὶ τοῦ καλοῦ.
II. περὶ ψυχῆς ἀθανασίας.
III. περὶ εἱμαρμένης.
IV. περὶ οὐσίας τῆς ψυχῆς.
V. περὶ νοῦ καὶ τῶν ἰδέων καὶ τοῦ ὄντος.
VI. περὶ τῆς εἰς τὰ σώματα καθόδου τῆς ψυχῆς.
VII. πῶς ἀπὸ τοῦ πρώτου τὸ μετὰ τὸ πρῶτον καὶ περὶ τοῦ ἑνός.
VIII. εἰ πᾶσαι αἱ ψυχαὶ μία.
IX. περὶ τἀγαθοῦ ἢ τοῦ ἑνός.
X. περὶ τῶν τριῶν ἀρχικῶν ὑποστάσεων.
XI. περὶ γενέσεως καὶ τάξεως τῶν μετὰ τὸ πρῶτον.
XII. περὶ τῶν δύο ὑλῶν.
XIII. ἐπισκέψεις διάφοροι.
XIV. περὶ τῆς κυκλοφορίας.
XV. περὶ τοῦ εἰληχότος ἡμᾶς δαίμονος.
XVI. περὶ εὐλόγου ἐξαγωγῆς.
XVII. περὶ ποιότητος.
XVIII. εἰ καὶ τῶν καθέκαστα εἰσὶν ἰδέαι.
XIX. περὶ ἀρετῶν.
XX. περὶ διαλεκτικῆς.

---

[13] Die Reihenfolge der 48 Abhandlungen der Kirchhoff'schen Ausgabe ist aufgestellt nach Porphyrius de vita Plotini cap. IV, V, VI.

XXI. πῶς ἡ ψυχὴ τῆς ἀμερίστου καὶ μεριστῆς οὐσίας μέση εἶναι λέγεται.
XXII. περὶ τοῦ τὸ ὂν πανταχοῦ ὅλον εἶναι ἓν καὶ ταὐτόν.
XXIII. περὶ τοῦ τὸ ἐπέκεινα τοῦ ὄντος μὴ νοεῖν καὶ τί τὸ πρώτως νοοῦν καὶ τί τὸ δευτέρως.
XXIV. περὶ τοῦ δυνάμει καὶ ἐνεργείᾳ.
XXV. περὶ τῆς τῶν ἀσωμάτων ἀπαθείας
XXVI. περὶ ψυχῆς.
XXVII. περὶ θεωρίας.
XXVIII. περὶ τοῦ νοητοῦ κάλλους.
XXIX. ὅτι οὐκ ἔξω τοῦ νοῦ τὰ νοητὰ καὶ περὶ νοῦ καὶ τἀγαθοῦ.
XXX. πρὸς τοὺς γνωστικούς.
XXXI. περὶ ἀριθμῶν.
XXXII. πῶς τὰ πόρρω ὁρώμενα μικρὰ φαίνεται.
XXXIII. εἰ ἐν παρατάσει χρόνου τὸ εὐδαιμονεῖν.
XXXIV. περὶ τῆς δι' ὅλων κράσεως.
XXXV. πῶς τὸ πλῆθος τῶν ἰδεῶν ὑπέστη καὶ περὶ τἀγαθοῦ.
XXXVI. περὶ τοῦ ἑκουσίου.
XXXVII. περὶ τοῦ κόσμου.
XXXVIII. περὶ αἰσθήσεως καὶ μνήμης.
XXXIX. περὶ τῶν τοῦ ὄντος γενῶν.
XL. περὶ αἰῶνος καὶ χρόνου.
XLI. περὶ εὐδαιμονίας.
XLII. περὶ προνοίας.
XLIII. περὶ τῶν γνωριστικῶν ὑποστάσεων καὶ τοῦ ἐπέκεινα.
XLIV. περὶ ἔρωτος.
XLV. τίνα τὰ κακά.
XLVI. εἰ ποιεῖ τὰ ἄστρα
XLVII. τί ὁ ἄνθρωπος, τί τὸ ζῶον.
XLVIII. περὶ τοῦ πρώτου ἀγαθοῦ ἢ περὶ εὐδαιμονίας.

Erster Abschnitt.

Plotins Lehrjahre zu Alexandria.

III. Geistesleben zu Alexandria.

Seine Lehrjahre brachte Plotin in Alexandria zu. Die Verhältnisse dieser Weltstadt und der eigenthümliche Geist, der hier waltete, haben einen zu sichtbaren Einfluss auf sein inneres Leben ausgeübt, als dass wir nicht unsre erste Aufmerksamkeit den geistigen Bestrebungen des Ortes zuwenden sollten, welchem Plotin seine Bildung verdankt. Es handelt sich bei dieser Darstellung keineswegs um die politischen Zustände der Völker damaliger Zeit, denn das selbständige politische Leben der Völker war längst erloschen. Man lebte nur noch in Gedanken und in der Empfindung; wir haben uns dafür bei der Entwicklung von Plotins innerm Geistesleben ganz an die Betrachtung der philosophischen und religiösen Erscheinungen zu halten, welche damals alle Gemüther bewegten. Denn um dies gleich vorweg zu nehmen: die Philosophie der Religion drückte jener Zeit ihren geistigen Charakter auf.

In der Gründung von Alexandria [1]) hatte Alexander der Grosse eine That von einer Tragweite und historischen Bedeutung vollbracht, wie sie nur der Blick des Genius bisweilen vorausahnend ermessen kann. Es giebt wenige für die innere Geistesgeschichte der Menschen so bedeutsame Orte als diese Stadt in den ersten

---

[1]) C. Fr. Hermann: Culturgeschichte der Griechen u. Römer (ed. Schmidt) 1857. Bd. I. p. 213. — Ersch u. Gruber: Encyclop. III. p. 47 flgde.

Jahrhunderten um unsre Zeitrechnung. Alexander war ausgezogen um ein weltbeherrschendes Reich zu gründen, und die nach ihm benannte Stadt wurde in anderm Sinne eine Herrscherin der Welt über die, welche nicht der Abstammung, sondern dem Geiste nach Griechen sind und waren. Durch ihre Lage am Meere, durch ihren Welthandel, durch die Mischung der Bevölkerung, welche aus Griechen, Juden, Aegyptern und asiatischen Orientalen bestand, wurde die reiche, grosse, schön gebaute und zahlreich bewohnte Stadt eine Brücke zwischen Orient und Occident, zwischen Hellenen und Barbaren, zwischen den Juden und den Völkern. Sie riss die Schranken, welche in der alten Welt die Völker scharf getrennt hatte, nieder; die geistige Scheidewand, der Unterschied der Religion und Bildung fiel, und der Idee des einen Menschengeschlechts, welche auf der Erkenntniss der allen Menschen gleichen Anlagen zu geistigem Besitz beruht, wurde eine Basis bereitet. Alle Religionen der alten Welt, alle philosophischen Systeme derselben bestanden in dieser Stadt nicht nur ruhig nebeneinander, sondern gingen untereinander die mannigfachsten Verbindungen ein. Aus einer solchen Verschmelzung der verschiedenartigsten Cultur-Elemente entwickelten sich aber geistige Erscheinungen, deren Nachwirkungen bis in unsre Tage reichen.

Deuten wir, ohne uns in Specialuntersuchungen zu verlieren, die verschiedenen Richtungen der geistigen Bestrebungen zu Alexandria an, um die Beschaffenheit des Bodens kennen zu lernen, auf dem die letzte geistige Blüthe des Alterthums, der Neuplatonismus, emporkeimte.

Das Museum und die beiden Bibliotheken in Bruchium [2]) und im Tempel des Serapis hatte Alexandria zum Mittelpunkt einer weitausgebreiteten wissenschaftlichen Thätigkeit gemacht. Mit Fleiss wurden die Schätze der Literatur zusammengebracht, geordnet, kritisch gesichtet, studirt und erklärt, und die eignen Productionen der Alexandriner tragen die Spuren vom Einfluss eines solchen Studiums. Für uns entsteht die Frage, was dasselbe wohl der Philosophie nützte. Wir finden allerdings, dass die Alexandriner

---

[2]) Heeren: Geschichte des Studiums der klassischen Literatur. 1797. Bd. I. p. 27 flgde. — Jules Simon: Histoire de l'école d'Alexandrie I. Paris 1845. p. 180—199. — Alex. v. Humboldt: Kosmos Bd. II. 1847. p. 202, p. 205, p. 207.

den freien Forschungstrieb der Wissenschaft oft unter serviler Gelehrsamkeit erstickt haben, dass weniger die Philosophie als die Philologie und Mathematik etc. von ihnen gepflegt wurden. Gerade an diese Wissenschaften schliessen sich die spätern Richtungen der Philosophie auf das engste an. Wir dürfen nicht die Vortheile unterschätzen, die aus der Textkritik und philologischen Interpretation des Plato und Aristoteles auch für die Philosophie erwuchsen. Für das Verständniss und die umfassende Kenntniss des Plato und Aristoteles, wie wir sie bei Plotin finden, ist diese philologische Behandlung der alten Philosophen Voraussetzung. — Auch die gelehrte Bearbeitung der Geschichte der Philosophie, auch die Sammlung und Auslegung der Mythen waren für die weitere Entwicklung der philosophischen Wissenschaft von Einfluss. Es konnte ferner nicht ausbleiben, da das Museum unter der Zahl seiner Gelehrten nur selten Philosophen zählte, dass an die literarischen Bestrebungen desselben bald die Pflege aller im Museum vernachlässigten Zweige des Wissens ausserhalb des Museums sich anschloss. So finden wir denn zur römischen Zeit in Alexandria eine grosse Zahl Philosophen aller Schulen,[3] welche ausserhalb des Museums lehrten. Hierher waren die Anhänger der Stoa und Epicurs, Aristoteliker und Platoniker gekommen, ja die alte Weisheit eines Pythagoras und Heraclit lebte von Neuem auf. In Alexandria wurde der Skepticismus[4] weiter ausgebildet, der den einseitigen und oft überspannten Ansichten der Schule sein Bekenntniss des Nicht-Wissens und eine heilsame Kritik entgegensetzte. So wurde die hellenische Philosophie auf ägyptischen Boden verpflanzt, und was im grossen römischen Weltreiche damals zerstreut an philosophischen Gedanken sich fand, wurde hier auf einem Punkte vereinigt. Da lag es nahe, eine Aussöhnung der Gegensätze, eine Verschmelzung des Verschiedenen anzustreben und an Stelle verschiedener Systeme eine über allen Partheistandpunkten stehende Philosophie zu suchen.

Die Philosophie trat ferner in Alexandria in eine nähere Be-

---

[3] Ritter: Geschichte der Philosophie 1834. Bd. IV. p. 70. — Jules Simon a. a. O. p. 194 flgde.

[4] Durch Aenesidemus, geb. zu Knossos, lebte zu Alexandria: Jules Simon a. a. O. p. 101. — Schwegler: Geschichte der Griechischen Philosophie 1859. p. 256. — Zeller: Philosophie der Griechen Bd. III. Hälfte II. 1852. p. 454.

rührung mit der Religion. Vielleicht bei keinem heidnischen Volke hat die Religion die tiefe Bedeutung für das ganze Leben gehabt, als bei den Aegyptern, keine Mythologie ist reicher an wahrhaft religiösen Elementen, als die ihre.[5]) Neben der alten Volksreligion strömten nach Alexandria aber fast alle Culte der damaligen Welt zusammen. Hier betete der Jude neben dem Perser, der Grieche neben dem Inder, der Römer neben dem Aegypter, und unter verschiedenen Namen verehrten doch alle schliesslich den einen ihnen noch unbekannten Gott und suchten Ausdruck für dieselbe Empfindung ihrer Seele in verschiedenen Sprachen. Hier finden daher auch alle religionsphilosphischen Erscheinungen ihre Vertreter, welche das, was in den Gemüthern an Ahnungen, Erfahrungen und Empfindungen des höchsten Wesens lebte, zur Klarheit des Begriffs zu bringen suchten, welche sich zur Aufgabe stellten: Gott und Welt, Gott und die Seele in ihren ewigen Verhältnissen zu einander zu begreifen und deren tiefste Ideen sich in der Auflösung der Frage nach den Mittel-Wesen bewegten, welche die Kluft zwischen Gott und der Welt ausfüllen, und nach den Zuständen der Seele, in welchen diese sich aus dem Zwiespalt, in dem sie durch ihre sinnliche Existenz mit Gott steht, wieder zur Einheit mit Gott erhebt.

Ansätze dieser Geistesrichtung finden sich zunächst in den Männern, welche man wohl als Magier[6]) zu bezeichnen pflegt und deren Bestrebungen diesen allgemeinen religionsphilosophischen Charakter nicht verläugnen, wenn wir sie auch nicht zu den Philosophen rechnen können. Dazu ist ihre Gedankenwelt zu arm und phantastisch. Sie widmeten der Reinigung, Wiederherstellung und Ausbreitung der alten verfallenen heidnischen Culte ihr Leben, sie wanderten wie Weltbürger von Ort zu Ort, sie besassen eine reinere Einsicht in die sittlichen Verhältnisse und suchten ihre praktische Weisheit im Leben zu üben. Unzweifelhaft fanden diese Männer in Alexandria einen fruchtbaren Boden der Wirksamkeit, was

---

[5]) Bunsen: Gott in der Geschichte. 1858. Bd. II. p. 26 flgde. Das V. Buch von Bunsen: Aegyptens Stellung in der Weltgeschichte.

[6]) Von ältern Abhandlungen zu vgl. Bouterweck: Philosophorum Alexandrinorum ac Neo-Platonicorum recensio accuratior; in Comment. soc. reg. Gotting. Vol. V. 1819—22. ed. 1823. Vgl. zum Folgenden p. 234; über Ap. von Tyana vgl. später.

sich freilich mehr vermuthen, als genau nachweisen lässt. Ein Beispiel von der Lehr- und Lebensweise solcher Männer hat uns Philostratus in seinem Leben des Apollonius von Tyana gegeben, und wenn auch in diesem Buche ein philosophisch-historischer Roman uns vorliegt, der ein sehr idealisirtes Bild des Apollonius liefert, wie ihn sich Philostratus in der Phantasie dachte, so liegen ihm doch gewisse historische Elemente zu Grunde. Solche Erscheinungen wie Apollonius waren nicht vereinzelt und wenn auch mit Recht behauptet ist, dass diese Männer eigentlich weder Alexandriner noch Philosophen zu nennen sind, so tragen sie doch den alexandrinischen Charakter und darum erwähnen wir sie zuerst.

In Aegypten und in Alexandria vollzogen sich alle die Vereinigungen und Mischungen, welche das Judenthum mit der griechischen Wissenschaft einging.[7]) Wir lassen die Erscheinungen bei Seite, die von einer Kenntniss des A. Testaments unter den Hellenisten zeugen, wie das Mahngedicht des Pseudophocylides davon einen Beweis giebt, und halten uns an die Umbildung jüdischer religiöser Lebensformen und Lehren durch hellenische Wissenschaft. Schon die Umbildung des Essenismus in die Erscheinung der Therapeuten ist durch Einflüsse griechischer Gedanken mit bedingt. Der Dualismus von Geist und Materie, den sie annahmen, die Aufforderung zur Flucht des Geistes vor der Sinnenwelt sind griechische Gedanken und um ihretwillen wohl mochte sie Philo als Theoretiker gegenüber den praktischen Essenern bezeichnen. Mit den vorhin erwähnten Religionsreformatoren theilen die Therapeuten die sittlichen Ideale von einer reinern Menschheit, die ascetische Richtung, den Hang zu einem beschaulichen Leben und zu mystischer Intuition des Göttlichen. — Eine Kenntniss griechischer Philosophie finden wir bei dem Alexandrinischen Juden Aristobulus, dessen Ansicht, dass Pythagoras, Socrates und Plato mit den Lehren des Moses bekannt gewesen seien, in Bezug auf Plato noch oft als gelehrte Mythe aufgetaucht ist. Elemente platonischer Philosophie finden sich im apokryphischen Buch der Weisheit. Endlich gehört in den Kreis dieser alexandrinischen Erscheinungen Philo,

---

[7]) Kurtz: Handbuch der Kirchengeschichte 1858. I. Bd. 1. Abth. p. 75 flgde. Bernays: Ueber; das Phocylideische Gedicht 1856 in 4. Desgl. die betreffenden Abschnitte bei Zeller, Jules Simon; endlich Siegfried: die hebräischen Worterklärungen des Philo. 1863. p. 3—5.

der Begründer einer umfassenden religionsphilosophischen Weltanschauung. Er war der Ansicht, dass ein Pythagoras, Plato und die Begründer des Stoicismus an der göttlichen Wahrheit ebenso Theil haben, wie die Lehrer orientalischer Weisheit, wenn er auch als eigentlichen Stifter aller Philosophie und Lehrer aller Wahrheit Moses betrachtete. Er verband eine umfassende Kenntniss der griechischen Philosophie und zwar fast aller Systeme mit der gläubigen Hingabe an die Schriften des alten Bundes und suchte durch eine geistreiche wenn auch unhaltbare Erklärung der alttestamentlichen Namen und eine unhistorische allegorische Betrachtung der alttestamentlichen Geschichte eine Vermittlung zwischen der griechischen Philosophie und dem Glaubensinhalt des alten Testaments herzustellen. Nicht nur seine Grundrichtung, sondern auch seine Theologie und Ethik wurden der Anknüpfungspunkt der weitern religionsphilosophischen Entwicklung, unter andern seine Lehre von einer Erkenntniss Gottes durch ein Schauen der Seele in einem Zustande, dessen Natur und mannigfache Modification ihm die alttestamentlichen Namen symbolisirten. —

Die weitere Entwicklung des geistigen Lebens zu Alexandria ist von dem Zutritt eines neuen bedeutendsten Faktors, vom Christenthum abhängig, das hier frühe nach einer alten Nachricht von Marcus gepflanzt wurde und sich rasch ausbreitete. Aus einer Verschmelzung christlicher Glaubenselemente, orientalischer Mythologie und griechischer Speculation ging in Alexandria der Gnosticismus hervor.[8]) Wir können wohl den Gnosticismus philosophisch, nicht aber mit J. Ch. Baur eine Religionsphilosophie nennen; dazu mangelt ihm, wie dies Neander schon hervorhob, die philosophische Form. Indessen ist er von philosophischen Grundanschauungen getragen und von philosophischen Gedanken durchzogen. Speculativ ist die Auffassung der Geschichte als der Abspiegelung einer Entwicklung der göttlichen Kräfte, philosophisch ist die Construction, welche das Christenthum als die Judenthum und Heidenthum überwindende wahre Religion hinstellt. In der Reihe der Aeonen und der das System bildenden Grundbegriffe treten rein abstracte und specula-

---

[8]) J. Ch. Baur: Das Christenthum und die christliche Kirche der drei ersten Jahrhunderte. 1860. p. 175—179. Baur: Lehrbuch der Dogmengeschichte. 1858. p. 67. Bunsen: Gott in der Geschichte. III. Theil. 1858. p. 76. Kurtz, a. a. O. p. 173. Bouterweck. a. a. O. p. 85.

tive Ideen auf, Tendenz und einzelne Elemente müssen also bestimmt als philosophisch bezeichnet werden, während die bildliche, allegorisirende, mythische Form von einer oft ausschweifenden Phantasie geschaffen ist. Charakteristisch ist ferner für den Gnosticismus sein Verhältniss zur heiligen Schrift, vorzüglich zum Prolog des Johannesevangelium und zu den Paulinischen Briefen, und orientalischer Mythologie. So willkührlich auch die Exegese der Gnostiker war, so phantastisch sie auch die Mythen gestalteten, so wenig sie auch den Dualismus von Geist und Materie überwanden und überhaupt zu einer das Denken aufklärenden Gotteserkenntniss und das Leben heiligenden Sittlichkeit gelangten, so müssen wir doch in ihnen das dunkle Ringen des alexandrinischen Geistes anerkennen, der dem Umfang nach ein universeller, alle geistigen Richtungen in sich aufnahm und über ihnen zu der einen Wahrheit emporrang.

Ein Pantaenus, Clemens und Origenes begründeten endlich in Alexandria eine christliche Religionsphilosophie.[9]) Glauben und Wissen setzen sie in ein inniges Verhältniss. Weder der Glaube kann nach ihnen ohne Wissen, noch das Wissen ohne Glauben sein. Während der Glaube den Inhalt darbietet, erschafft das Wissen die rechte Form. Freilich mussten auch diese Männer wie Philo die allegorische Erklärung der Schrift zur Herstellung der Vermittlung von Glauben und Wissen zu Hülfe nehmen. Auch sie theilen die philosophische Betrachtung der Geschichte, welche in der Weltentwicklung den Abdruck einer höhern Ordnung sieht, sie erkennen in der griechischen Philosophie eine Vorbereitung auf das Evangelium und erweisen die Wahrheit des Christenthums durch die weltgeschichtliche Betrachtung, welche alle frühern geistigen Erscheinungen als eine göttliche Erziehung unsers Geschlechts zum Christenthum auffasst. Sie strebten nach einer umfassenden Erkenntniss von Gott und Seele, von der Welt und der heiligen Schrift, und was Clemens oft nur aphoristisch ausgesprochen und dunkel angedeutet hatte, das erhob Origenes zur begrifflichen Klarheit und brachte es in systematische Form.

---

[9]) Kurtz a. a. O. p. 371.
Bunsen a. a. O. p 95.
Bouterweck a. a. O. p. 246.
Baur: Christenthum etc. p. 248—253.
Baur: Dogmengeschichte. p. 75. p. 85.

Neben den philologischen Bestrebungen und der Reproduction der griechischen Philosophie zu Alexandria haben wir also als eigentliche Producte des alexandrinischen Geisteslebens vor der Philosophie des Neuplatonismus, die jüdische Religionsphilosophie des Philo, die phantastisch-philosophische und orientalische Erscheinung des Gnosticismus und die christliche Religionsphilosophie eines Clemens und Origenes anzusehen. Wir können gewisse charakteristische, allen diesen Erscheinungen mehr oder weniger gemeinsame Merkmale entdecken. Das erste ist ihr universeller Standpunkt, von dem aus sie religiöse und philosophische Entwicklungen verschiedener Zeiten und Völker umfassen und innerlich verarbeiten. Ein gemeinsamer Gedanke ist die philosophische Betrachtung der Geschichte als einer planmässigen Entwicklung. Sie tragen sämmtlich den religionsphilosophischen Charakter an sich, sie wollen Glauben und Wissen versöhnen, indem sie Glaubensinhalt zum Gegenstand des Wissens machen, ihre Erkenntniss soll aber zugleich Lebensweisheit sein. Sie haben ein Verhältniss zu einer positiven Religion und deren Schriften, die sie frei behandeln und erklären. Allen gemeinsam ist ihre Beziehung zur Platonischen Philosophie, ihre contemplative und ascetische Richtung und das Princip der intuitiven Erkenntniss. Auch ihre Theologie, soweit sie auch sonst auseinandergeht, stimmt doch in wesentlichen Stücken überein. Sie nehmen einen überweltlichen, unergründlichen Gott an, suchen dann aber jede auf verschiedene Weise den Gegensatz von Gott, Welt und Mensch durch Mittelwesen auszufüllen. Gemeinsam ist ihnen der Begriff des λόγος, auch setzen sie in die Einheit des Göttlichen einen Unterschied lebendiger Bestimmungen. Sie berühren sich in der Lehre von der Seele und deren unsterblichem Wesen, von der irdischen und intelligibeln Welt, von der Erlösung und Befreiung der Seele und machen die Fragen nach der Vorsehung, nach dem Uebel und dem Bösen zu Hauptproblemen ihrer Forschung. Sie sind aber scharf geschieden durch ihren specifischen Standpunkt, Philo ist und bleibt trotz seiner hellenischen Bildung ein Jude, Clemens und Origenes sind durch ihr Verhältniss zum historischen Christus Christen, der Gnosticismus endlich verläugnet seinen orientalischen Charakter nicht.

Plotins Philosophie verläugnet durchaus nicht die Einflüsse der Stadt, in welcher er gebildet ist, sondern trägt diesen gemeinsamen Charakter alexandrinischer Geisteserscheinungen an sich.

Wie jede geistige Regung, so sollte auch die letzte philosophische Weltmacht des Hellenenthums von Alexandria ihren Ausgang nehmen. Plotins Standpunkt ist ein durchaus universeller, weil er die ganze geschichtliche Entwicklung der Philosophie vor ihm von einem höhern Standpunkt übersieht. Auch seine Philosophie ist Religionsphilosophie und Lebens-Weisheit zugleich; er will durch sie nicht nur dem Leben die höchsten Ziele stecken, sondern die Gebrechen der Zeit heilen. Er besitzt ein bestimmtes Verhältniss zu den Schriften des Plato und Aristoteles und ihrer gelehrten Erklärung. Auch seine Theologie, Psychologie und Kosmologie bietet zahlreiche Vergleichungspunkte mit den Ansichten der obengenannten Alexandriner dar, z. B. die Lehre von der Einheit und Transcendenz Gottes, Annahme gottartiger Wesen, die in der Mitte zwischen Gott und Welt stehen ($νοῦς$, $ψύχη$), Lehre vom $λόγος$, Präexistenz und Unsterblichkeit der Seele, Lehre vom Schauen Gottes und der intuitiven Erkenntniss, von der Flucht der Seele und ihrer Befreiung aus den Banden der Sinnlichkeit, Lehre von Vorsehung, Schicksal, dem Bösen', den Dämonen. In Plotin aber lebt und schafft der hellenische Genius, dies drückt seiner ganzen Erscheinung und Philosophie ihren individuellen Charakter auf.

Betrachten wir, wie er mitten unter den geistigen Bewegungen Alexandrias gebildet wurde, und wie er, unbeirrt durch die mannigfachen Anziehungskräfte, die sowohl das rege Leben der Stadt, wie die begabten Vertreter der verschiedenen Geistesrichtungen auf ihn ausüben mussten, der innern Stimme folgend von der Vorsehung die eigne Bahn geführt wurde und die ihm entsprechende Anregung und Weihe für das Leben fand.

IV. Plotin und die alexandrinischen Geistesrichtungen.

Der Name Plotin scheint eher ein römischer als griechischer zu sein.[1]) Die Geschichte nennt eine Plotina, eine Gemahlin des Kaisers Trajan, der zu Ehren Plotinopolis gegründet wurde. Soll zwischen ihrem Namen und dem des Philosophen ein Zusammenhang gefunden werden, so könnte man vermuthen, dass einer der kaiserlichen Freigelassenen ihren Namen angenommen habe, dann zur Verwaltung eines Amts in die Provinz geschickt worden sei und dass von diesem unser Philosoph stamme. Näheres ist von seiner Familie nicht bekannt, denn Plotin konnte es nie über sich gewinnen, etwas von seiner Herkunft, seinen Eltern und seinem Vaterlande zu berichten.[2]) Dieser für ihn charakteristische Zug floss aus Bescheidenheit und aus der idealen Sinnesart, in der er dergleichen äussere Verhältnisse als zu unbedeutend ansah. Die gewöhnliche Annahme, dass er in Lycopolis in Aegypten geboren sei, und zwar in der in der Thebais gelegenen Stadt dieses Namens, ist so sicher nicht, wenn auch an seiner ägyptischen Herkunft wohl nicht zu zweifeln ist. Porphyrius,[3]) der zuverlässigste Zeuge, bezeugt ausdrücklich seine Unkenntniss der Geburtsstadt Plotins. Ennapius drückt sich so aus: Πλωτῖνος ἦν ἐξ Αἰγύπτου φιλόσοφος. Τὸ ἐξ Αἰγύπτου νῦν γράφων καὶ τὴν πατρίδα προσθήσω· Λυκὼ ταύτην ὀνομάζουσι. Suidas, der wohl hierauf fusst, nennt ihn Λυκοπολίτης, aber noch bei der Eudocia scheint das Zeugniss des Porphyrius die meiste Geltung zu haben, denn sie sagt: ἄπατρις μὲν φαίνεται, τινὲς δὲ Λυκοπολίτην φασὶν ἀπὸ Λύκονος τοῦ ἐν τῷ Λυκοπολίτῃ νόμῳ τῆς Αἰγύπτου. Fabricius[4]) hat ohne Angabe irgend welches Grundes angenommen, die grössere Stadt des Namens Lycopolis in Aegypten sei die Geburts-

---

[1]) Plotinos ed. Creuzer et Moser. Paris 1854. Proleg p. XVIII.
[2]) Porphyr. de vita Plot. cap. 1.
[3]) Porphyr. a. a. O. Enna p. vit. sophist. p. 455. Suid. Lex. tom. III. p. II. p. 318. Die Worte der Eudocia: Villoison: Anecdota Graeca I. (1781) p. 363.
[4]) Fabricius Bibliothec. Graec. IV. pars II. (1711) p. 92. Anm. 6.

stadt Plotins. Das Geburtsjahr Plotins ist das Jahr 205 unserer Zeitrechnung oder das 13. Regierungsjahr des Severus (Septimius). Plotin starb nämlich nach Aussage seines Arztes Eustochius 66 Jahr alt im zweiten Jahr der Regierung des Claudius (207)[5]. Hierbei wird auf eine völlige Zuverlässigkeit und Sicherheit der chronologischen Angabe wohl nicht zu rechnen sein. Von der ersten Jugendbildung unseres Philosophen erfahren wir, dass er im 8. Jahre beim $Γραμματοδιδάσκαλος$ in die Schule ging.[6] Wenn ein Rückschluss aus seinen Schriften erlaubt ist, so nehmen wir an, dass Plotin die grammatische und rhetorische Bildung seines Zeitalters genossen hat. Sein Bildungsgang war wohl der des philosophischen Kopfes und des Idealisten, dem Alles, was er erlernt, mehr zur Anregung eigner Ideen dient, als dass er das positiv Gegebene rein passiv in sich nur aufzunehmen empfänglich wäre. Der Kreis des sogenannten positiven Wissens mochte ihn auch wohl kaum befriedigen. Er suchte gemäss seiner philosophischen und religiösen Anlage ein Wissen, das Weisheit ist, das die menschliche Lebensaufgabe lösen hilft und mit den letzten Zwecken unserer irdischen Existenz verknüpft ist. So ergriff ihn in seinem 28. Lebensjahr ein heftiger Drang nach der Philosophie, den wir um so naturgemässer und naturwüchsiger finden, je später er hervortrat.[7] Höchst wichtig erscheint uns nun für die Auffassung Plotins die Nachricht des Porphyrius,[8] dass Plotin die Schulen aller Philosophen, welche in Alexandrien den grössten Ruf besassen, besucht habe, aber aus ihrem Unterricht traurig und niedergeschlagen zurückgekehrt sei. Dies ist uns ein Beweis für die geniale Originalität unseres Philosophen, in welchem eine bestimmte, ihm eigenthümliche Denkweise und Richtung angelegt war. Diese Anlage in ihm suchte nach Ausbildung und machte durch die Energie des Selbstbewusstseins ihren Unterschied von allen Bildungselementen deutlich, an die Plotins selbständiger Geist sich unmöglich ganz hingeben konnte. Plotin suchte Wahrheit und Weisheit, was ihm entgegengebracht wurde, war Meinung der Schule. Plotin wollte sein philosophisches und religiöses Interesse zugleich befriedigt wis-

---

[5] Porphyr. de vit. Plotin. cap. 2.
[6] Porphyr. vit. Plot. cap. 3.
[7] Porphyr. vit. Plot. cap. 3.
[8] Porphyr. vit. Plot. cap. 3.

sen, und keiner der Vertreter der damaligen Zeitrichtungen schlug eine Saite seiner Brust an, die nachtönte. In diesem vergeblichen Suchen nach rechter Erkenntniss ergriff ihn eine tiefe Melancholie, ein Ausfluss einer berechtigten, aber unbefriedigten und darum ins Unbestimmte schweifenden Sehnsucht, ein Entwicklungsstadium einer grossen Natur, die in ein dumpfes Brüten über der neuen Welt, welche sie in sich trägt, verfallen und dadurch deren Geburt zeitigen kann. Die erwähnte Nachricht des Porphyrius ist uns also ein Beleg, dass wir eine wirkliche Abhängigkeit Plotins von gleichzeitigen Geistesrichtungen nicht anzunehmen haben, da sie ihn alle unbefriedigt liessen. Hierauf gründen wir ferner den Schluss, dass es verfehlt ist, Plotins Philosophie aus orientalischen, religiösen oder philosophischen Systemen, aus dem Christenthum, aus irgend einer griechischen philosophischen Schule und sei es selbst die platonische, abzuleiten, — wenn wir auch Einflüsse nicht abläugnen — sondern, dass wir in ihr das selbständige Werk eines genialen Geistes zu erblicken haben, in welchem die philosophische Schöpfungskraft im Alterthum sich zum letztenmal voll Energie und auf eigenthümliche Weise bethätigte.

Man hat zunächst die Philosophie Plotins in ein Abhängigkeitsverhältniss zum Orient und dessen philosophischen und religiösen Systemen gesetzt,[9]) sodass man annehmen müsste, dass er zu Alexandria, wo ihm reichliche Gelegenheit dazu geboten war, orientalische Bildungselemente in sich aufgenommen habe. Untersuchen wir die bisher dafür aufgestellten Beweise.

Man hat die Stelle Enn. V, lib. 8, cap. 6[10]) so verstanden, als ob Plotin darin die Ansicht ausgesprochen habe: in der Symbolik der ägyptischen Weisheit liege eine tiefere Erkenntniss als in den Untersuchungen der griechischen Wissenschaft, daraus hat man denn weiter auf Plotins Hinneigung zu orientalischen Philosophemen geschlossen. Es kommt aber an jener Stelle dem Plotin gar nicht auf den Inhalt ägyptischer oder griechischer Weisheit an, sondern allein auf die Form, welche das Wissen im denkenden Subject besitzt. Er sagt an jener Stelle, dass die Aegypter sich nicht der Schriftzeichen, sondern der Bilder zum Ausdruck der Vorstel-

---

[9]) Für die Annahme orientalischer Einflüsse: Tennemann, Ritter, Vacherot; dagegen: Steinhart, Zeller, Kirchner. vergl. die Einleitung.
[10]) Ritter: Geschichte der Philosophie Bd. IV. (1854) p. 552.

lungen und Gedanken, die sie zum Verständniss bringen wollten, bedient hätten, und erläutert nun im Hinblick auf diesen ägyptischen Gebrauch auf geistvolle Weise einen ihm eignen Gedanken, dass die Weisheit und das eigentliche Wissen auch aus der Anschauung, die freilich innerlicher Art ist, nicht aus der Reflexion, gewonnen werde; nicht der abstracte Verstandesbegriff, sondern die Idee, ein inneres Bild, eine einfache und vollkommne Vorstellung, sei die subjective Form des wahren Wissens. Wenn dies der Sinn der Stelle ist, so ist der Schluss von ihr aus auf die Neigung Plotins zu orientalischer Weisheit falsch.

Diese Stelle ist nun aber ausser dem Buch gegen die Gnostiker, von dem unten die Rede sein wird, die einzige, in der mit Namen etwas citirt wird., was mit orientalischer Wissenschaft in Berührung steht. Es liesse sich aber doch fragen, ob nicht ohne namentliche Erwähnung der Quelle sich doch im sachlichen Inhalt so Manches findet, was nicht anders als aus dem Orient hergeleitet werden kann.

Man hat im System des Plotin Pantheismus gefunden, und da man Pantheismus vorzugsweise der orientalischen Philosophie zuzuschreiben geneigt ist, so könnte man hier eine Abhängigkeit Plotins vom Orient annehmen. Freilich ist es ein sehr unklares Gerede, wenn man von Pantheismus so im Allgemeinen anstatt von dem Pantheismus bestimmter Systeme, und von orientalischer Philosophie so im Allgemeinen anstatt von der Religion und Philosophie bestimmter Völker des Orients spricht. Man könnte zunächst an indische Lehren denken, welche noch am klarsten den Pantheismus aussprechen. Es ist nun aber eine sehr gewagte Behauptung, dem Plotin eine Entlehnung aus indischen Religions-Systemen zuzuschreiben, denn nicht die geringste historische Notiz giebt uns Kunde, dass Plotin indische Religion und Philosophie kennen gelernt habe; auch würde selbst aus einer Kenntniss noch keine Abhängigkeit zu folgern sein. Uebrigens ist endlich bei Plotin von der Annahme des Pantheismus gar keine Rede, sobald wir nur festhalten, dass für die Feststellung der Grundanschauung eines Philosophen nicht sowohl einzelne Aeusserungen, sondern der ganze Zusammenhang seiner Gedankenwelt massgebend sind. Plotin lehrt zwar eine Allgegenwart Gottes, doch nur eine Allgegenwart seiner Kraft und Wirkung; das Eine selbst, das ihm Gott ist, behauptet sich allem bestimmten Sein gegenüber in absoluter Transcendenz.

Es giebt keine deutlichere Beweisstelle für diesen letzten Gedanken als Enn. IX, lib. 9, cap. 1 u. 2, in der das Hinausgreifen des Einen über die Welt und ihre Grössen, über die Seele, den Intellect und die Ideen, die selbständige Existenz Gottes der Welt gegenüber auseinandergesetzt wird. Der Annahme, dass Pantheismus bei Plotin zu finden sei, widerspricht ferner sein Begriff der Materie, die fast in dualistischer Weise seinem Gott gegenübersteht, seine Lehre von der Willensfreiheit. Plotin erkennt endlich in der Welt ein Nichtseinsollendes, ein Böses an, hat aber die Welt selbst nicht zu einem Nicht-seienden, zu einer blossen Bestimmung der unendlichen Substanz herabgedrückt.

Man hat ferner Emanationslehre bei Plotin zu finden geglaubt, ja diese zu einem charakteristischen Merkmal seines Systems erhoben und deshalb seine Philosophie auf orientalischen Ursprung zurückgeführt. Die Entscheidung der Frage nach der Annahme der Emanation bei Plotin wird wichtig, um späterhin das Verhältniss desselben zu den Gnostikern richtig bestimmen zu können. —

Auch hier wiederum giebt nicht die geringste historische Notiz einen Anhalt, dass dem Plotin orientalische Systeme, welche die Emanation lehren, etwa die persische Religion, in Alexandria näher bekannt geworden sei. Ebenso nun, wie der Begriff des Pantheismus, leidet auch der der Emanation noch an grosser Unklarheit und Unbestimmtheit. Soviel steht aber fest, dass die Emanationslehre einen physischen oder geschichtlichen Process im göttlichen Wesen annimmt, in Folge dessen eine unbegrenzte Reihe anderer Wesen aus jenem ersten Wesen hervorgehen, an die das letztere einen Theil seiner Substanz verliert, sodass eine substanzielle Veränderung und stets sich steigernde Verdunklung und Abschwächung je nach der Zahl der neu hervorgegangenen Wesen und je nach ihrer Entfernung vom Urwesen im Urwesen selbst und in den emanirten Wesen stattfindet. Wenn wir diese Definition von Emanation festhalten, so kann in dem Gedankenkreise Plotins von Emanation nicht die Rede sein. — Denn sein höchstes Princip, sein Gott „das Eine, Gute" ist ein in sich ruhendes, beschlossenes, selbstgenugsames Wesen, in dem keinerlei Bewegung und Veränderung, viel weniger noch ein Emanationsprocess vor sich geht. Plotin spricht nun zwar auch von einem Hervorgang zweier Principien, der Vernunft und der Seele, aus diesem Einen durch eine unmittelbare Wirkung des Ersten. Die Zahl der hervorgegangenen Wesen ist also nach Plotin beschränkt, der Act des Hervorgangs ist zwar nur bildlich beschrieben, doch nirgends als Emanation; Vernunft und Seele existiren nicht als hypostasirte Aeonen, endlich verliert das Urwesen bei dem Hervorgang der neuen Wesen nichts von seiner Substanz, sondern beharrt unverändert in sich. Nur die Kraft wird mitgetheilt. Plotin macht dies deutlich durch das Bild des Feuers (Enn. V, lib. I, cap. 3), das zwar auch Wärme ausstrahlt, ohne aber im Geringsten an der eignen Wärme Einbusse zu erleiden. Auch sonst spricht er von dieser in sich beschlossenen Ruhe seines Gottes und sagt (Enn. VI, lib. V, cap. 3): — — — μηδὲ προϊέναι τι ἀπ' αὐτοῦ. So heisst es Enn. IX, lib. IX, cap. 9. an einer Stelle, an der vom Schauen die Rede ist: Ἐν δὲ ταύτῃ τῇ χορείᾳ καθορᾷ πηγὴν μὲν ζωῆς, πηγὴν δὲ νοῦ, ἀρχὴν ὄντος, ἀγαθοῦ αἰτίαν, ῥίζαν ψυχῆς, οὐκ ἐκχεομένων ἀπ' αὐτοῦ, εἶτ' ἐκείνων ἐλαττούντων.

Während in früherer Zeit es Plotin zum Vorwurf angerechnet wurde, dass er in seinen Untersuchungen über das Fatum sich gegen die Annahme von astrologischen Einflüssen entschieden ausgesprochen hat, hat man in neuerer Zeit ihm gerade eine trübe Mischung von Speculation und Phantasterei, unklaren Mysticismus und Aberglauben an magische Kräfte und Dämonen zugeschrieben und auch von allen diesen Punkten aus hat man den Zusammenhang des Plotinismus mit dem Orient behauptet.

Eine trübe Mischung von Speculation und phantastischer Träumerei ist bei Plotin nicht zu finden, nur die dunkle Schreibweise Plotins hat diese willkührliche und subjective Meinung hervorgerufen. Im Gegentheil, wir bemerken bei ihm das Streben, die mythische Form platonischer Darstellung, z. B. den Mythus vom Eros in einen begrifflichen Gehalt aufzulösen. Allerdings ist die begriffliche Darstellung auch bei Plotin von Bildern unterbrochen, in denen nicht sowohl der Verstand, als die Phantasie waltet, sie sind aber im Ganzen von geringem Umfang, dienen der Erläuterung des Gedankens und finden ihre Erklärung darin, dass wie Plotins Philosophie dem Inhalt nach den ganzen Menschen in seinen Verhältnissen zu Gott und zur Welt in seinen zeitlichen und ewigen Beziehungen ins Auge fasst, so auch die Form seiner Darstellung alle Seelenkräfte ins Spiel setzt. In der Gliederung der Gedankenwelt Plotins selbst waltet aber nicht die Phantasie, sondern die höchste Architectonik einer speculativen Vernunft.

Was dem Plotin als unklarer Mysticismus angerechnet worden ist, und worin man vorzugsweise einen Anhaltepunkt gesucht hat, seine Philosophie aus dem Orient herzuleiten, sind seine Gedanken von einer Erkenntniss Gottes, die nicht auf Urtheilen und Schlüssen des reflectirenden Verstandes, sondern auf unmittelbarem Schauen beruht, und von Gott selbst, dem höchsten über alles bestimmte Seiende hinausgreifenden Sein. Diese Gedanken kann man doch nicht objectiv unklar nennen, weil sie dem Einen und dem Andern subjectiv unklar sein mögen. Sie gehören vielmehr zu den Kern- und Angelpunkten der Philosophie Plotins, sie sind seine eigensten Gedanken, sein origineller Griff und treten als Philosopheme, gestützt durch Argumente, auf. Wenn man auch Analogien zu diesen Gedanken in orientalischen Religionen, in Philo, in der platonischen Philosophie wohl entdecken kann, so sind dies eben nur Analogien, Ansätze dazu, was hier als selbstbewusstes Princip von unendlicher Tragweite erscheint. Wenn nun einmal von Ableitung die Rede sein soll, so ist eine Ableitung aus orientalischen Quellen um so weniger anzunehmen, als sich in der griechischen Philosophie die bestimmten Anknüpfungspunkte für jene Gedanken erkennen lassen. Auch was sonst dem Plotin als aus dem Orient entlehnter Aberglaube angerechnet werden könnte, seine Lehre von der Seele und deren Präexistenz, tritt bei ihm als Philosophem auf, und hat seine bestimmten Anknüpfungspunkte an Lehren der Pythagoreer und Platos. In Bezug auf die Dämonenlehre Plotins scheint mir der Hauptbeweis gegen die Annahme orientalischer Einflüsse auf diese Lehre in dem Mangel der eigentlich bösen Dämonen bei Plotin zu liegen. Auch besass Plotin eigentlichen Glauben an die Kraft der Magie nur in beschränktem Maasse, insofern er den sittlichen und geistigen Menschen als über ihre Zauberwirkung erhaben darstellt.

Daraus scheint nun hervorzugehen, dass aus einzelnen Punkten keinerlei Nachweis geführt werden kann, Plotin habe in Alexandria vorzugsweise orientalische Anschauungen und Bildungselemente in sich aufgenommen und diese in seiner Philosophie verarbeitet; — damit ist nicht ausgeschlossen, dass er dieselben überhaupt nicht kennen gelernt hat. Er mochte in Alexandria wohl Gelegenheit dazu haben und ein so reger Forschergeist, wie der Plotins, der an Fragen so unerschöpflich ist, war gewiss nicht so beschränkt, dass er sie vom Kreise seines Wissens ausgeschlossen hätte. Aber sie befriedigten ihn nicht. In ihm regte sich der Hellene, der eigne philosophische Schöpfungskraft in sich fühlte und so wurde in ihm die Selbständigkeit gross, mit der er im spätern Leben orientalischen Lehren in Wort und Schrift entgegentrat. Die von Porphyrius im 10. cap. seiner Lebensbeschreibung erzählten Mythen haben keinen andern Sinn, als dass dieselben Zeugnisse von Plotins Ueberlegenheit gegenüber dem orientalischen Geiste sind. Sollte die eine oder die andere orientalische Anschauung in ihm einen Gedanken angeregt haben, was wir nicht für unmöglich halten, so finden wir bei ihm als originelle durchgebildete Gedanken wieder, was dort als ein elementarer Ansatz erscheint. Bei alledem bliebe eine Vergleichung des Plotinismus mit dem Buddhismus immer interessant, insofern beide von derselben Lebensanschauung der Nichtigkeit irdischer Existenz durchdrungen sind, eine Aehnlichkeit der Grundidee, die wir übrigens nicht aus der Ableitung des Einen aus dem Andern, sondern aus der Gleichheit mancher sittlichen und wissenschaftlichen Verhältnisse erklären, aus denen beide hervorgingen. —

Wir könnten ferner eine Zahl übereinstimmender Punkte zwischen dem Gnosticismus und der Philosophie Plotins entdecken und daraus den Schluss ziehen, dass Plotin sich in Alexandria mit mannigfachen gnostischen Bildungselementen gesättigt habe, die von bedeutsamer Einwirkung auf die Ausbildung seiner Gedankenwelt geworden seien. Auch hier werden wir dem Plotin vor Allem Kenntniss gnostischer Ansichten zuschreiben müssen, obwohl er die einzelnen Systeme nicht scharf von einander sonderte, vielmehr Alles, was den gnostischen Charakter an sich trug, mochte es stammen woher es wollte, zu einer Gesammtanschauung vom Gnostischen vereinigte [11]). Bei Beiden nun, bei Plotin wie bei den Gnostikern, ist die Sehnsucht nach einer höhern Welt, der Aufschwung zu Gott aus den Verhältnissen des irdischen Daseins, die Grundstimmung. Beide suchen die Kluft zwischen Gott und Welt zu füllen, indem sie Wesen setzen, die von Gott ausgehend zur Welt herabneigen, und eine Erhebung der Seele zu Gott lehren. Beide legen grossen Werth auf die Ascese, stimmen überein in der Körperver-

---

[11]) Kirchner, Philosophie des Plotin 1854. p. 200 fg. Neander: in Abhandl. der berl. Akademie d. Wissenschaften 1845. p. 299 fg.

achtung, überschätzen die Contemplation und schlagen den Werth des praktisch-thätigen Lebens zu gering an. Auch hier brauchen wir an ein Entlehnen nicht zu denken. Gleiche Zeitverhältnisse und geistige Strömungen erzeugen gleiche Gedanken. Wie wenig sich aber Plotin mit den Grundanschauungen der Gnostiker einverstanden erklärte, dafür ist seine Streitschrift gegen die Gnostiker ein redendes Zeugniss. Was Plotin ihnen gegenüber eine entschieden ablehnende Stellung giebt, ist sein selbständiges hellenisches Bewusstsein, seine rein griechische Denkweise, während im Gnosticismus sich eine religionsphilosophische Verschmelzung und Mischung orientalisch-religiöser, griechisch-speculativer und christlicher Elemente findet. So setzt er sich z. B. in Bezug auf die Lehre von der Welt in einen Gegensatz gegen die orientalisch-dualistische und christlich-teleologische Betrachtungsweise. Plotin hält überall seinen Zusammenhang mit der hellenischen Philosophie fest, während die Gnostiker, obwohl dieselben dem Plato viel verdankten, ihm gegenüber doch eine so freie Stellung einnahmen, dass ihre scheinbare Nichtachtung der griechischen Philosophie, ihre Willkühr, mit der sie dieselbe mit fremden Elementen versetzten und verdarben, dem Plotin als ein pietätsloser Hochmuth erscheint. Die Kritik Plotins, die oft hin- und herzuschweifen scheint, richtet sich vorzüglich auf drei Punkte: auf die Lehre der Gnostiker von den göttlichen Wesen, von der Welt und auf ihre ethischen Ansichten. Der unendlich weitläuftigen Reihe der Aeonen und Emanationen aus Gott, welche die Gnostiker lehrten, setzte Plotin seine drei Grundprincipien: das Eine oder Gute, die Vernunft und die Seele gegenüber. Dem Dualismus der Gnostiker, welche einen schroffen Gegensatz der idealen und sichtbaren Welt annahmen und die letztere als völlig gottentfremdet, nichtig und böse darstellten, stellte er die Ansicht entgegen, dass in der gegenwärtigen Welt sich die Harmonie, Schönheit und Ordnung der idealen Welt wiederspiegele, dass sie überhaupt die vollendete Offenbarung des Göttlichen sei. Ferner wirft er den Gnostikern vor, dass sie das ethische und contemplative Element in der Art trennten, dass sie ohne sittlichen Anstoss sich den grössten Leidenschaften überliessen während dass die Anschauung Gottes und die Sittlichkeit nach Plotin nie auseinanderfallen können; die Theorie selbst ist nach Plotin der höchste sittliche wie philosophische Act. Ausserdem macht ihnen Plotin sittlichen Hochmuth, Einbildung und Selbstüberhebung zum Vorwurf, in Folge deren sie sich als die auserwählten Heiligen betrachten, während doch nach Plotin alle auf dem Wege der Vernunft und sittlicher Befreiung und Reinigung zum Schauen des Einen und zur Vereinigung mit Gott gelangen. Indem Plotin so die Vergottung des Menschen durch Vernunft und freie sittliche That lehrt, stellt er sich in einen principiellen Gegensatz sowohl zum Gnosticismus, wie zum Christenthum. Wir erkennen für jetzt soviel, dass von einem eigentlich bildenden Einfluss des Gnosticismus auf Plotin wohl nicht die Rede sein kann, und werden in einem andern Zusammenhang auf die welthistorische Stellung seiner Philosophie zum Gnosticismus und Christenthum zurückkommen, wie sie zuerst Neander aus dem Buche gegen die Gnostiker scharfsinnig entwickelt hat. —

Man könnte ferner einen Zusammenhang zwischen Plotin und den Philologen suchen, die zu Alexandria ihre Thätigkeit entfalteten, und sich um den Text und das Verständniss sowohl des Plato als des Aristoteles bemühten. Indessen kam ein Plotin auch aus den Schulen der damaligen Philologen wohl nur unbefriedigt, denn was er suchte, lag auf einem wesentlich andern Gebiet und verlangte eine andere Methode der Behandlung, als die Philologie sie darbot. Plotin zeigt sich in seinen Schriften und in seinem Verständniss der alten Philosophen nichts weniger als einen Philologen, was übrigens ihm nicht im Geringsten zum Vorwurfe gereicht.[12]) Dem Philologen kommt es darauf an, bei seiner Erklärung durch möglichst eingehende Beachtung jedes Wortes und seiner Verbindung zum sichern Verständniss dessen zu gelangen, was ein Schriftsteller gesagt hat, gleichviel ob es wahr oder falsch ist. Ein Plotin sah aber wohl über die Worte und deren Form weg, ihn den Philosophen interessirte nur der Gedanke, der in denselben verborgen lag. Die unendliche ins Kleine gehende Sorgfalt, welche die Worterklärung verlangt, mochte ihn, der gemäss seiner philosophischen Anlage vom Einzelnen und Kleinlichen abstrahirend zum Allgemeinen sich erhob, ermüden. Er mochte auch nicht so sehr darauf achten, was der Schriftsteller wirklich gesagt hat, als was er hat sagen wollen oder vielmehr sollen, wenn es ihm nämlich um die Wahrheit zu thun war, das einzige Ziel, nach dem der Philo-

---

[12]) Steinhart: Melet. Plotin. 1840. p. 6 fg

soph strebt und der einzige Massstab, wonach er misst. — Plotin besass, wie sein Urtheil über Longin zeigt: „ein Philologe ist Longin, ein Philosoph keineswegs", ein sicheres Bewusstsein über den Unterschied philologischer und philosophischer Behandlung der alten attischen Philosophen. So haben also die Philologen wohl Plotins Kenntniss bereichert, von eigentlichem Einfluss ist ihre von ihrem Autor abhängige Art der Behandlung auf den selbständigen philosophischen Kopf nicht geworden.

Zwischen diesen Philologen und Plotin liesse sich noch durch das gemeinsame Lokal Alexandria ein Zusammenhang nachweisen, ganz fremd steht er aber den übrigen sogenannten Neuplatonikern und Neupythagoreern gegenüber, welche seit Hadrian und den Antoninen die Beschäftigung mit Plato in Aufnahme gebracht haben und deren Schriften einen Einfluss dieses Philosophen verrathen. Historisch lässt sich eine Berührung Plotins mit diesen Männern in keiner Weise nachweisen und wenn man ihn zu allen in ein Verhältniss setzen wollte, die sich einmal mit Plato beschäftigt haben und deren Schriften Spuren davon tragen, so geriethe man ins Unendliche. So hat Plotin mit den oben erwähnten Magiern, die Pythagoreer sein wollten, ohne aber einmal Philosophen zu sein, gar nichts weiter zu schaffen, ausser dass von ihm die von jenen vorgebildete Grundrichtung des Lebens als umfassende Gedankenwelt zum Bewusstsein gebracht wurde. Diese gemeinsame Grundstimmung und Richtung des Lebens wurde aber in beiden unabhängig durch gleiche Zeitverhältnisse hervorgerufen. — Auch selbst Diejenigen, bei welchen sich bereits Ansätze von speculativen Elementen finden, wie bei dem Neupythagoreer Numenius, sind wohl von eigentlichem Einfluss auf Plotin nicht gewesen. Denn derselbe selbständige Geist Plotins, der im Stande war die ganze Welt im Spiegel des Gedankens wiederzugeben, war wohl auch fähig, die Grundzüge und Grundbegriffe seines Systems selbständig zu denken und zu finden und durfte sie nicht entlehnen. — Nehmen wir dieselben aber als entlehnt an, so waren sie ihm bereits von der alten hellenischen Philosophie und von Ammonius gegeben. Zu mehr als zu solchen Grundzügen eines Systems haben es aber jene Neupythagoreer nicht gebracht. Schon von Zeitgenossen wurde übrigens behauptet,[13] dass Plotin Lehren des Numenius entlehnt

---

[13] Porphyr: de vit. Plot. cp. XVII.

habe. Amelius, der, ehe er zu Plotin kam, ein eifriger Schüler des Numenius gewesen war, die Sache also doch kannte, wie wir auch sonst über ihn urtheilen mögen, schrieb ein Buch über den Unterschied der Lehren des Numenius und Plotinus und schickte es an Porphyrius. Aus dem Umstande, dass die Schriften solcher Neuplatoniker später in den philosophischen Versammlungen, welche Plotin leitete, gelesen wurden, lässt sich nicht schliessen, dass dieselben auch bildend auf Plotin eingewirkt haben, denn das geschah, als Plotins Bildung relativ abgeschlossen war und sie mochten wohl ebenso oft in diesen Sitzungen widerlegt, als anerkannt worden sein. Auch Longin nennt zwar den Plotin mit den Neupythagoreern und Neuplatonikern zusammen und sie sind ja dann auch nach ihm später oft zusammengestellt worden; jenes Urtheil Longins ist aber darum nicht beweisend, weil er selbst den Unterschied zwischen Plotin und den Andern hervorhob, und weil er trotz aller kritischen Schärfe die weltgeschichtliche Bedeutung und selbständige Stellung Plotins doch nicht zu würdigen im Stande war.

Nicht völlig ohne Einfluss können auf Plotin die philosophischen Ansichten seiner nächsten grossen Vorgänger: die Ansichten der Stoiker, Epicureer, Skeptiker geblieben sein. [14]) In Alexandria lebten und lehrten Philosophen aller Schulen, und so hat auch Plotin in seinem Wissensdrange dieselben wohl alle gehört. Diesen Einfluss müssen wir darum behaupten, weil hier wirklich Philosophie zum philosophischen Geiste redete. Abgesehen von der formalen Geistesbildung, die sie ihm gewähren mussten, werden wir auch materielle Einwirkungen der nacharistotelischen Schulen auf Plotin erkennen. Dennoch sind wir der Ansicht, dass Plotin auch aus den Schulen dieser Philosophen unbefriedigt kam, dass zwischen ihm und ihnen eine scharfe Grenze und Scheidewand sich findet, und dass wir also Plotins eigentliches Wesen eher aus einem Gegensatz, als aus einem verwandtschaftlichen Verhältniss zu den nacharistotelischen Schulen erklären können. —

Die Aehnlichkeit finden wir in der Gleichheit der Probleme, die sich beide stellten, der Gegensatz liegt in der Art, wie diese Probleme gelöst wurden.

---

[14]) Vgl. Zeller: Philosophie der Griechen. Bd III. Abth. 2. p. 668. p. 691. Dagegen Kirchner a. a. O. p. 175—179.

Gemeinsam ist ihnen der ethische Grundcharakter, der Ausgangspunkt von der Betrachtung der subjectiven Gemüthszustände, die Frage nach der Tugend und Glückseligkeit, nach Vorsehung und Schicksal. Plotin lehrt in der Ethik wie die Stoiker, dass die Tugend allein zur Glückseligkeit genüge, dass dieselbe durch keine äussern Güter und zufälligen Dinge erworben werde, da äussere Dinge keine Güter seien. Auch Plotin lehrt, dass der Weise einen ewigen Gleichmuth und innere Freudigkeit, eine unwandelbare Ruhe und Unerschütterlichkeit bewahre und sich selbst genug sei; charakteristisch für Plotins Lehre ist aber, und dies unterscheidet dann seine Ansicht wieder von der stoischen, dass dieser Gemüthszustand im Weisen durch das Anschauen Gottes hervorgerufen wird. Da, wo Plotin am wenigsten selbständig auftritt, in der Naturphilosophie, liesse sich noch vielleicht am ersten stoischer Einfluss nachweisen, seine Lehre vom $\lambda \acute{o} \gamma o \varsigma \; \sigma \pi \varepsilon \rho \mu \alpha \tau \iota \varkappa \acute{o} \varsigma$ und von der Einheit des Lebens in der Natur finden sich bei den Stoikern, wenn auch in etwas anderer Weise. Die Epicureische Atomen-Lehre ist aber ein Gegenstand der vielfältigsten Kritik Plotins. Aus der Metaphysik wird die Kategorienlehre der Stoiker, aus der Psychologie ihre Lehre von der sinnlichen Wahrnehmung rücksichtslos widerlegt. Was das Ganze und Grosse der gesammten Weltauffassung angeht, so theilt Plotin mit den nacharistotelischen Schulen die Gleichgültigkeit gegen die politischen Fragen, das Hauptinteresse wendet sich der Sittlichkeit und Religion zu, sonst aber lässt sich kaum ein schärferer Gegensatz finden als Plotin und die Stoiker und Epikureer. Hier Idealismus, dort Materialismus, hier monotheistische Weltanschauung nicht ohne Annahme einer Immanenz Gottes, dort Pantheismus, hier höchste sittliche Reinheit und Hingabe an das Göttliche, dort hochmüthige Abgeschlossenheit oder leichtsinnige Genusssucht, hier Annahme der Willensfreiheit, dort Lehre vom Zufall oder der Nothwendigkeit, hier ein mehr religiöser, dort ein mehr ethischer Grundcharakter, hier die Hauptfrage nach dem Ewigen, dort nach dem Irdischen. Vor Allem aber findet sich in keinem der nacharistotelischen Systeme eine Spur von dem Grundprincip der Philosophie Plotins; nirgends ist vom Schauen Gottes und der Ueberweltlichkeit desselben die Rede. Somit haben wir die Philosophie Plotins als selbständige Erscheinung von den nacharistotelischen Systemen abzutrennen und müssen die Anknüpfungspunkte für diese Philosophie ganz wo anders, als in den bisher betrachteten alexandrinischen Geistesrichtungen suchen.

V. Plotin und Ammonius der Sackträger.

Wenn angegeben werden soll, wer auf Plotins Bildungsgang positiv eingewirkt habe, so müssen wir mit der Erörterung der Nachricht des Porphyrius beginnen, dass Plotin die Schwermuth und Melancholie, in die er aus einem unbefriedigten Streben nach Erkenntniss gefallen war, einem Freunde mittheilte. Dieser habe das eigentliche Bedürfniss seiner Seele richtig erkannt und ihn zum Ammonius geführt, der damals mit grossem Beifall zu Alexandria lehrte. Als Plotin ihn gehört, habe er zum Freunde ausgerufen: „Diesen habe ich gesucht". Von diesem Tage an sei er fortdauernd der Schüler des Ammonius geblieben.[1]) Wir stehen hier vor einem jener Wendepunkte im innern Seelenleben bedeutender Menschen, in denen die in ihnen verborgen liegende Anlage blitzartig zum Durchbruch kommt und das Bewusstsein über das eigenste Wesen des Menschen zur Klarheit gelangt. Was war es nun, dass Plotin gleich beim ersten Mal so mächtig an Ammonius ergriff, was sprach dieser Mann deutlich aus, und brachte dadurch die verworrenen Klänge in Plotins Seele zur Harmonie? Hierin werden wir zugleich das Eigenthümliche der plotinischen Philosophie finden. —

Untersuchen wir zunächst die sehr dürftigen Nachrichten über Ammonius.[2])

Ammonius war von christlichen Eltern zu Alexandria geboren und im Christenthum auferzogen, fiel dann aber wieder zum Heidenthum ab. Seinem Stande nach war er ein Sackträger, bis er von einem tiefen Zuge zur Philosophie ergriffen seine Säcke verliess und als Lehrer der Philosophie zu Alexandria auftrat.[3]) Er sammelte einen zahlreichen Schülerkreis um sich, zu ihnen gehören: die beiden Origenes, der Kirchenvater und der Neuplatoniker, Longin, Herennius, Olympius, Antonius, Plotinus. Er führt den

---

[1]) Porphyr: de vita Plot. cp. 3.
[2]) Fabricius: Biblioth. Graec. (Harles). Vol. V. p. 701 sq.
[3]) Theodoret: Halle 1762. Tom. IV. p. 429b.

Beinamen ϑεοδίδακτος. Nach Hierocles [4]) soll die Vereinigung der griechischen Philosophen, namentlich die des Plato und Aristoteles, in den wesentlichsten Punkten und Grundlehren sein Werk gewesen sein, übrigens ein höchst zweifelhaftes Verdienst, an das Ammonius auch wohl kaum Ansprüche erhebt. Nemesius [5]) trägt unter seinem Namen in zwei Bruchstücken Lehren über die Immaterialität der Seele und deren einheitlicher Verbindung mit dem Körper vor. „Der materielle Körper, so heisst es im ersten Fragment, welcher der Bewegung, Veränderung, Auflösung und Theilbarkeit unterworfen ist, verlangt ein immaterielles Princip, welches ihn zur Einheit zusammenfasst und bindet. Dies Princip der Einheit heisst Seele. Wäre es materiell, so würde es wieder ein Princip der Einheit verlangen und so in das Unendliche fort, bis wir auf ein Immaterielles, Erstes kommen, dies wäre dann in Wahrheit die Seele." Im andern Bruchstück heisst es: „Das Intelligible wird, wenn es sich mit einem Andern vereinigt, nicht verändert, wie das Körperliche bei der Vereinigung mit anderm Körperlichen verändert wird, sondern bleibt wie es ist und was es ist. Seele und Körper sind innig vereinigt, aber nicht vermischt. Die Seele kann sich vom Körper sondern und in sich zurückziehen, wie beim Schlaf, ebenso beim Denken. Wie die Sonne erleuchtet und doch ein für sich bestehendes Licht bleibt, so verhält es sich auch mit der Seele in ihrer Beziehung zum Körper. Sie ist nicht im Körper wie im Raume, sondern der Körper befindet sich vielmehr in ihr und an ihr." Indessen scheint die Rückführung dieser Lehren auf Ammonius doch unsicher zu sein. Ammonius hat nichts Schriftliches hinterlassen, jene Sätze sind daher aus den Schriften der Schüler excerpirt und lassen sich z. B. in den Enneaden [6]) alle nachweisen. Somit lässt sich auch auf diese Lehren kein Schluss gründen, dass die Ansichten des Ammonius und seiner Schüler in diesen Punkten übereingestimmt habe, da wir eben nur seine Schüler hören. [7])

Aus diesen Nachrichten geht nun hervor, dass Ammonius in religiösen Anschauungen aufgewachsen ist und auch wohl trotz seines Abfalls vom Christenthum eine religiöse Grundrichtung des Le-

---

[4]) Photius bibl. cod. CCXIV. u. CCLI.
[5]) Nemesius: de natura hominis cp. 2 u. cp. 3.
[6]) Vgl. Enn. IV. lib. 3. cp. 20. lib. 7. cp. 8. II. lib. 7. cp. 1. lib. 3. cp. 5.
[7]) Zeller: Philosophie d. Griechen 1852. Bd. III, 2. Hälfte p. 652.

bens beibehielt, insofern die ersten Eindrücke der Jugend für das Leben entscheidend bleiben. Aus dem Beinamen $\vartheta\varepsilon o\delta i\delta\alpha x\tau o\varsigma$ könnte man wohl folgern, dass er als Quelle seiner Lehre nicht sowohl die in Schlüssen sich bewegende menschliche Vernunft, sondern eine göttliche Begeisterung, ein unmittelbares Schauen Gottes selbst angenommen habe, denn er hätte jenes Attribut wohl nicht erhalten, wäre er nicht ein mit reicher religiöser Phantasie und Gemüth ausgestatteter und zu ecstatischen Zuständen geneigter Mensch gewesen. Dieser sein Enthusiasmus hat auch wohl Plotin ergriffen und zu ihm hingezogen, denn er ist eine verwandte Natur. Wenn wir nach den Motiven seines Abfalls vom Heidenthum fragen, so können wir bei einer so tief angelegten Natur die Veranlassung nur in Glaubenssachen und Lehren finden. Ihn mochte wohl die Meinung leiten, dass die hellenische Philosophie etwas dem Christenthum Ebenbürtiges sei, dass die griechischen Philosophen von Gott und von der Seele bereits dasselbe gelehrt hätten, als die Christen. Wir können die Behauptung, dass gerade die angegebenen Gründe Ammonius zum Apostaten gemacht haben, auch durch den Hinweis auf die Aussprüche Plotins gegen die Gnostiker wahrscheinlich machen, bei denen Plotin vielleicht auch, nach Neanders Vermuthung, die Christen im Auge hat. Er wirft ihnen vor,[8]) dass sie die meisten Wahrheiten aus Plato entlehnt hätten ohne die Autorität Platos anzuerkennen. Für die Lehre vom Einen, und von der Seele geht Plotin ganz ausdrücklich auf die Autorität der altgriechischen Philosophen zurück.[9]) Wir schliessen wohl nicht fehl, dass Plotin diese Betrachtungsweise, nach der die alte griechische Philosophie im Inbesitz aller Wahrheit gewesen sei, von Ammonius gelernt habe. So nehmen wir denn an, dass Ammonius allerdings, angeregt von christlichen Ideen in der griechischen namentlich platonischen Philosophie, etwas ganz Gleiches und Ebenbürtiges gefunden zu haben glaubte, und in dem tiefgreifenden Missverständniss, das im Christenthum nur Lehre nicht Leben sieht, die Philosophie dem Christenthum gegenübergesetzt habe, nicht ohne dass er in die Philosophie religiöse Elemente selbst mit aufnahm. Da er aus freiem Entschluss zum Heidenthum zurückkehrte, so mochte er nur in einen um so energischeren Gegen-

---

[8]) Enn. II. lib. IX. cp. 6.
[9]) Enn. IV. lib. VIII. cp. 1. 2. Enn. V. lib. I. cp. 9.

satz, wenn vielleicht auch nicht in offene Feindschaft zum Christenthum treten. Ammonius war offenbar ein naturkräftiger, origineller Denker von Productivität, sonst hätte er sich nicht aus niederm Stande zum Lehrer der begabtesten Männer seiner Zeit emporgerafft; nur diese Productivität mochte einen Plotin fesseln, in welchem gleichfalls der speculative Genius sich regte. Demnach gestaltete Ammonius wohl, wenn er auf die Ansichten früherer Philosophen zurückgriff, dieselben doch selbständig. Die Form, in der er seine Lehren vortrug, war wohl nicht streng schulmässig, sondern ihr freier Gang war wohl von der Begeisterung geschaffen. Wir können auch nicht glauben, dass es bei ihm weiter als zu Ansätzen einer Neugestaltung des Denkens kam, mit ihm trat nur ein neues Princip zur Lösung der speculativen Fragen, die sich vorzugsweise wohl auf das Wesen der Seele, der Ideen und Gottes bezogen, zu Tage. Wäre er über solche Ansätze hinausgekommen, so hätte er sich wohl zum Schreiben entschlossen, da grössere Gedankenentwicklungen naturgemäss zur schriftlichen Aufzeichnung zwingen und ohne diese Hülfe weder von ihrem Schöpfer noch von dessen Schülern bewältigt werden können. Auch wären dann die Nachrichten über ihn nicht so überaus dürftig. —

Noch müssen wir sein Verhältniss zu Plato und Aristoteles ins Auge fassen.

Bei der Selbständigkeit und Originalität des Ammonius ist wohl von einem blossen Eklekticismus, wie man früher annahm, nach welchem willkührlich heterogene Bestandtheile zu einem nur äusserlich zusammenhängenden Gemisch von Ansichten verschmolzen sei, keine Rede. Alles was Ammonius von Andern aufnahm, verarbeitete er wohl selbständig. Zuletzt hat man trotz Zellers [10]) so richtiger Kritik des Ausspruchs von Hierocles gemeint,[11]) die eigentlich philosophische That des Ammonius sei die systematische Verschmelzung des Plato und Aristoteles, eine Versöhnung und Aufhebung ihrer Principien durch ein höheres Princip gewesen. Diese Ansicht verräth ihren Ursprung, nämlich die Anwendung der Hegelschen dialectischen Methode auf die Entwicklung der Geschichte und fällt zugleich mit der Auffassung des Neu-Platonismus

---

[10]) Zeller a. a. O. p. 681.
[11]) Kirchner: Die Philosophie des Plotin p. 22 - 23

als des systematischen Abschlusses der hellenischen Philosophie in Hegelschem Sinne.

Behufs der richtigen Bestimmung des Verhältnisses des Ammonius zu Plato und Aristoteles halten wir an dem auch sonst zugestandenen Grundsatze fest, dass die philosophische That des Ammonius nur die Aufstellung eines neuen Grundprincips der Philosophie gewesen sei. Wenn wir aus den Lehren der Schüler einen Rückschluss auf die des Ammonius machen dürfen, so könnten wir vielleicht als dies Princip bezeichnen: Rückführung aller Ideen und alles Seienden auf ein über alles endliche Denken und Sein hinausliegendes Höchstes und Göttliches. Weil aus diesem obersten Princip das All der Dinge herzuleiten sei, so wurde die Mannigfaltigkeit der Begriffe wieder unter einfache Begriffe zusammengefasst, und diese unter sich in einen innern Zusammenhang und in eine Stufenfolge gesetzt. Solche einfache, zusammenfassende und unter sich zusammenhängende Begriffe sind z. B. der Begriff der $\psi\nu\chi\eta$ und des $\nu\circ\tilde{\upsilon}\varsigma$. — Mit diesem neuen idealistischen und theistischen Princip trat Ammonius der bisherigen Philosophie gegenüber und übte hier eine Reaction im edelsten Sinne des Worts. Indem er sich seiner Grundansicht wegen mit den nacharistotelischen Systemen nicht befreunden konnte, ging er zurück auf die Zeiten der Blüthe hellenischer Philosophie und lehnte sich unter Wahrung der Selbständigkeit seines philosophischen Gedankens an einen Plato und Aristoteles in dem Gefühle an, an ihren unsterblichen Ideen eine sichere Stütze und einen festen Kern der Wahrheit zu finden, und getrieben durch einen dunkeln Zug, der ideale Geister als verwandte einander nahe führt.

In seinem religiösen Grundcharakter, in der originellen Selbständigkeit seines Geistes und der daraus hervorgehenden Reaction gegen das Christenthum und die nacharistotelische Philosophie in der Aufstellung eines neuen philosophischen Princips und den Ansätzen einer Durchführung desselben, sehen wir demnach die Bedeutung des Ammonius. Was in ihm als Keim auftrat, wurde von seinem grossen Schüler Plotin lebhaft erfasst, zu einem Grundsatze gleicherweise des Denkens und des Lebens erhoben und zu einer umfassenden Gedankenwelt erweitert.

Plotin hörte den Ammonius 8 Jahre lang bis zu seinem 38.

Lebensjahre.¹²) In dieser langen Zeit mochte sich die eigenthümliche Grundrichtung des Ammonius seinem treuen Schüler wohl tief einprägen, auch gab dieselbe reiche Gelegenheit zu einer wiederholten und umfassenden Belehrung und Besprechung über alle Fragen, welche den philosophischen Geist interessiren. Wir können demnach wohl annehmen, dass Plotin relativ fertig und in seinen Grundansichten abgeschlossen aus der Schule seines Meisters hervorging. Der Tod des Meisters, der 242 erfolgte, zerstreute seine Schüler. Plotin verlor dadurch seinen äussern Anhalt, auch konnte Alexandria, dessen Bildungsmittel er reichlich kennen gelernt hatte, ihn durch kein Interesse fesseln, da der einzige Mensch, der die Tiefen seines Wesens berührt und ergriffen hatte, dahin war, und alle übrigen Richtungen ihn schon frühe ohne Befriedigung liessen. Der Schmerz über den Verlust seines Lehrers mochte das Bedürfniss in ihm erwecken, Alexandria zu verlassen. Das Wenige, das wir über Plotins Wanderjahre zu berichten haben, wollen wir gleich an die Betrachtung seiner Lehrjahre knüpfen. Plotin hatte wohl kaum schon das Bewusstsein darüber gewonnen, dass er selbst einen innern Halt in sich besass, der ihn befähigte, ein Mittelpunkt und eine geistige Stütze Anderer zu werden. Sein Wissensdrang trieb ihn zunächst nicht sowohl zur Verbreitung seiner Ansichten, als vielmehr zur Erweiterung seiner Erkenntnisse. Erst seine nächsten Schicksale reiften ihn vom Schüler zum Lehrer und weckten in ihm die Erkenntniss seines eigentlichen Berufs. Er schloss sich dem Zuge Gordians nach Persien an, um die Lehren persischer Weisheit kennen zu lernen. Wir finden in diesem Schritte nur ein Suchen nach einem äussern Halt und eine Regung seines Wissensdranges. Verfehlt ist die Ansicht,¹³) dass Plotin nach Persien gegangen sei, weil er die Kenntnisse orientalischer Weisheit, die er aus dem Umgange mit Ammonius geschöpft hatte, auf diesem Zuge erweitern wollte. Diese Behauptung hat nicht die geringste Nachricht zum Anhalt und beruht auf der falschen Annahme orientalischer Elemente in der Philosophie Plotins. Bedeutend wird der Erwerb an Kenntnissen auf jenem Zuge auch nicht gewesen sein, denn der Zug verunglückte und jedenfalls blieb das, was Plotin lernte, auf ihn ohne tiefern Einfluss,

---

¹²) Porphyr: de vit. Plotin. cp. 3.
¹³) S. Bouterweck in der citirten Abhandlung p. 251.

denn wir sehen ihn späterhin persischen Lehren gegenüber eine kritische und abweisende Stellung einnehmen. Die Schicksale jenes Zuges nach Persien haben für Plotin vielmehr die Bedeutung, dass er für sein Leben und seine Lehre auf sich selbst angewiesen wurde und es lernte selbständig und frei ohne äussern Anhalt aufzutreten. Nur so konnte er Begründer einer philosophischen Schule werden. Den äussern Anhalt verlor er durch den Tod Gordians, zum Selbstbewusstsein über seine Lehre mochte er wohl durch den Gegensatz kommen, in den die ihm von Ammonius eingepflanzte Denkweise und Ideenwelt zu der ihm vielleicht gerühmten persischen Weisheit trat. Er wurde über den Werth der letzteren enttäuscht und der eignen geistigen Ueberlegenheit und Kraft inne. Er begab sich, nachdem durch den Tod Gordians dessen Unternehmen gescheitert war, im ersten Regierungsjahr des Philippus (a. 244), 40 Jahr alt, zunächst nach Antiochia und dann nach der Weltstadt Rom, [14a,b]) um hier seine Lebensaufgabe zu erfüllen, die letzte geistige Weltmacht des Hellenenthums zu begründen. —

[14a]) Porphyr: de vit. Plot. cp. 3.
[14b]) Chronologische Uebersicht der Daten aus dem ersten Abschnitt von Plotins Leben: cf. Fabricius: Bibl. Graec. (Harles) Vol. V. p. 676—678. cf. Porphyr. cp. 2 u. 3.

Römischer Kaiser und dessen Regierungsjahr	Jahr der christl. Zeitrechn. a.	Lebensjahr Plotins	Ereigniss
Severus: 13. J.	205	1	Plotin geboren.
	212	8	Plotin besucht den Γραμματοδιδάσκαλος.
Alexander Severus 11. Jahr	232	28	Plotin begann sich mit Philosophie zu beschäftigen.
(12. Jahr	233	29	Porphyrius geboren.)
Gordian: 5. Jahr	242	38	Plotin verlässt nach dem Tode des Ammonius Alexandria und schliesst sich dem Zuge Gordians an
Philippus: 1. Jahr	244	40	Plotin geht nach Antiochia und Rom.

Zweiter Abschnitt.

Plotins Meisterjahre zu Rom.

VI. Religiöses und wissenschaftliches Leben zu Rom und im Römischen Reiche.

Um die Wirksamkeit Plotins in dessen späterm Leben richtig zu verstehen, müssen wir unsre Aufmerksamkeit auf Rom und auf die Umgestaltung des religiösen, wissenschaftlichen und sittlichen Lebens lenken, wie sie durch die römische Weltherrschaft hervorgerufen worden war. Wir können annehmen, dass alle geistigen Richtungen, welche weit und breit im Reich eingeschlagen wurden, auch in Rom, dem Centrum alles Lebens, ihre Vertreter fanden. Aus dem Zusammenhang mit diesen Bestrebungen, oder aus der Polemik gegen dieselben, entfaltete sich dann Plotins eigne Wirksamkeit zu Rom, seine Philosophie wuchs hervor aus dem Leben und wurde dadurch zur Weltmacht, dass der Philosoph in allseitige Berührung mit allen geistigen Mächten der damaligen Welt trat, sich gemäss der eignen Individualität freundlich oder polemisch zu ihnen verhielt und aus den Gedanken, welche dieser geistige Weltverkehr in ihm anregte, vermöge der ihm angebornen Schöpfungskraft eine in sich zusammenhängende und relativ abgeschlossene Weltanschauung gestaltete. Ein schwaches Bild von diesem wahren Sachverhältniss liefert uns die Darstellung des Porphyrius. Eine vollständige Untersuchung hat zuerst den Zustand der Religion und Philosophie der beiden Hauptäusserungen des geistigen Lebens in Rom und im Römerreich ins Auge zu fassen, hat dann zu berichten, was wir von Plotins äussern Lebensumständen wissen, hat ferner die Gedankenwelt ausführlich zu entwickeln, wie sie Plotin in Schriften niedergelegt hat, welche zugleich auch die Zeugnisse für die Beziehungen abgeben, in denen Plotin zu den übrigen geistigen Mächten seiner Zeit und der Vorzeit gestanden hat. Erst nach diesen Untersuchungen wird sich dann endgültig die Frage nach Plotins eigentlicher Weltaufgabe und Weltstellung erörtern und vielleicht beantworten lassen. —

Bei der Betrachtung des geistigen Lebens in Rom und im römischen Weltreich könnte es zunächst scheinen, als ob wir nur eine grosse Grabstätte zu beleuchten hätten, in der als Trümmerhaufen aufgeschüttet liegt, was die Völker der alten Welt an nationalen geistigen Gütern gepflegt und besessen hatten. Der Mund der Sänger war verstummt, die Tempel glänzten nicht mehr wie ehemals im festlichen Schmucke, kein Socrates wusste die Jünglinge für Weisheit zu entzünden und das Weltreich, das alle Nationen in sich aufgenommen hatte, konnte den Einzelnen nicht Vaterland sein. Indessen ist allen Erscheinungen jener Zeit keineswegs der Stempel des Verfalls aufgedrückt. Wie es oft geschieht, dass sich erst im Tode die grösste Kraft und Schönheit entfaltet, und dass nur aus der Vernichtung heraus sich siegreich das Neue, und weil es die Vernichtung überwunden, ewig Dauernde entfaltet, so auch in jener Zeit. Mitten unter dem Verfall brachen sich Richtungen Bahn, welche dem Geist, der unbefriedigt seine alten Formen gesprengt hatte, für seine Sehnsucht einen neuen Gehalt und eine neue Form schaffen wollten. Dieselben Geistesmächte, welche den Verfall der alten Religionen, Philosophieen und Lebensrichtungen herbeigeführt hatten, die römische politische Weltmacht und die griechische Geistesmacht, sind auch Voraussetzungen einer Neugestaltung der religiösen, wissenschaftlichen und sittlichen Lebensrichtung. —

Die Tendenz der römischen Weltherrschaft war eine universale. Die Scheidewände, welche die Völker getrennt hatten, fielen, was streng geschieden oft im Gegensatz zu einander bestanden hatte, berührte sich, alle Früchte der bisherigen besondern Entwicklung wurden ein allgemeines Gut. Damit war zwar der Untergang alles Besondern, Nationalen, Individuellen und somit auch das der Religion und Wissenschaft ausgesprochen. An seine Stelle aber trat neben einem Eklekticismus, der sich mit allem Bestehenden befreundete und die widerstreitenden Elemente in sich einte, eine Richtung, die vorzugsweise in Religion und Wissenschaft über das Besondere und Particularistische des Nationalen kosmopolitisch zum allgemein-Menschlichen sich erhob, indem sie ein neues universales, religiös-sittliches Princip aufstellte. Die blosse politische Einheit aber hätte dies wohl kaum zu Wege gebracht, wenn nicht das gemeinsame Band der hellenischen Sprache und Bildung die Völker geistig genähert hätte. In griechischer Sprache sollten dann auch alle die Schriften verfasst werden, welche in verschiedenen Richtungen das neue religiös-sittliche Weltprincip jener Zeiten aussprachen, welche statt des Bürgers den Menschen und diesen in seinen zeitlichen und ewigen Beziehungen ins Auge fassten.

Der religiöse Zustand in den Gemüthern der Menschen war ein durchaus gebrochener. Zwar bestanden die alten Culte alle noch fort, aber als todte und entwerthete Formen. Nicht mehr der Glaube, sondern der Aberglaube, welcher der stete Begleiter des Unglaubens ist, trieb die nach frommen Erregungen sehnsüchtigen Seelen zur Anbetung der heidnischen Götter. — Die Culte selbst durch das grosse Römerreich hindurch waren die mannigfaltigsten.[1]) Der Römerglaube ist nie mit dem Anspruch aufgetreten, Weltreligion zu sein, sondern die Welteroberer gestatteten allen besiegten Völkern die freie Ausübung ihrer Anbetungsweise. Die Gründe für diese Erscheinung, dass die Römer den Völkern ihren Glauben nie aufzudringen versuchten und sich mit allen bestehenden Culten zu befreunden schienen, liegen einmal im Wesen des Polytheismus, der alle fremden Götter leicht den seinigen beizugesellen bereit ist, und in der Staatsklugheit der Römer, welche, um die unterjochten um so mehr unterdrücken zu können, ihnen einen Schein selbstständiger Existenz liessen. So bestanden in Griechenland, Kleinasien und Sicilien nicht nur die Culte der zwölf Hauptgötter, sondern auch die Localculte fort. Die Orakel weissagten fort und fort, wenn sie auch ihren politischen Einfluss eingebüsst hatten und meist nur in Privatangelegenheiten von Privatpersonen befragt wurden. Opfer wurden von Städten und von einzelnen

---

[1]) Tzschirner: der Fall des Heidenthums (ed. Niedner) 1829. p. 48-79.

denn wir sehen ihn späterhin persischen Lehren gegenüber eine kritische und abweisende Stellung einnehmen. Die Schicksale jenes Zuges nach Persien haben für Plotin vielmehr die Bedeutung, dass er für sein Leben und seine Lehre auf sich selbst angewiesen wurde und es lernte selbständig und frei ohne äussern Anhalt aufzutreten. Nur so konnte er Begründer einer philosophischen Schule werden. Den äussern Anhalt verlor er durch den Tod Gordians, zum Selbstbewusstsein über seine Lehre mochte er wohl durch den Gegensatz kommen, in den die ihm von Ammonius eingepflanzte Denkweise und Ideenwelt zu der ihm vielleicht gerühmten persischen Weisheit trat. Er wurde über den Werth der letzteren enttäuscht und der eignen geistigen Ueberlegenheit und Kraft inne. Er begab sich, nachdem durch den Tod Gordians dessen Unternehmen gescheitert war, im ersten Regierungsjahr des Philippus (a. 244). 40 Jahr alt, zunächst nach Antiochia und dann nach der Weltstadt Rom,[14a,b]) um hier seine Lebensaufgabe zu erfüllen, die letzte geistige Weltmacht des Hellenenthums zu begründen. —

[14a]) Porphyr: de vit. Plot. cp. 3.
[14b]) Chronologische Uebersicht der Daten aus dem ersten Abschnitt von Plotins Leben: cf. Fabricius: Bibl. Graec. (Harles) Vol. V. p. 676—678. cf. Porphyr. cp. 2 u. 3.

Römischer Kaiser und dessen Regierungsjahr	Jahr der christl. Zeitrechn. a.	Lebensjahr Plotins	Ereigniss
Severus: 13. J.	205	1	Plotin geboren.
	212	8	Plotin besucht den Γραμματοδιδάσκαλος.
Alexander Severus 11. Jahr	232	25	Plotin begann sich mit Philosophie zu beschäftigen.
(12. Jahr	233	29	Porphyrius geboren.)
Gordian: 5. Jahr	242	38	Plotin verlässt nach dem Tode des Ammonius Alexandria und schliesst sich dem Zuge Gordians an
Philippus: 1. Jahr	244	40	Plotin geht nach Antiochia und Rom.

Zweiter Abschnitt.

Plotins Meisterjahre zu Rom.

VI. Religiöses und wissenschaftliches Leben zu Rom und im Römischen Reiche.

Um die Wirksamkeit Plotins in dessen späterm Leben richtig zu verstehen, müssen wir unsre Aufmerksamkeit auf Rom und auf die Umgestaltung des religiösen, wissenschaftlichen und sittlichen Lebens lenken, wie sie durch die römische Weltherrschaft hervorgerufen worden war. Wir können annehmen, dass alle geistigen Richtungen, welche weit und breit im Reich eingeschlagen wurden, auch in Rom, dem Centrum alles Lebens, ihre Vertreter fanden. Aus dem Zusammenhang mit diesen Bestrebungen, oder aus der Polemik gegen dieselben, entfaltete sich dann Plotins eigne Wirksamkeit zu Rom, seine Philosophie wuchs hervor aus dem Leben und wurde dadurch zur Weltmacht, dass der Philosoph in allseitige Berührung mit allen geistigen Mächten der damaligen Welt trat, sich gemäss der eignen Individualität freundlich oder polemisch zu ihnen verhielt und aus den Gedanken, welche dieser geistige Weltverkehr in ihm anregte, vermöge der ihm angebornen Schöpfungskraft eine in sich zusammenhängende und relativ abgeschlossene Weltanschauung gestaltete. Ein schwaches Bild von diesem wahren Sachverhältniss liefert uns die Darstellung des Porphyrius. Eine vollständige Untersuchung hat zuerst den Zustand der Religion und Philosophie der beiden Hauptäusserungen des geistigen Lebens in Rom und im Römerreich ins Auge zu fassen, hat dann zu berichten, was wir von Plotins äussern Lebensumständen wissen, hat ferner die Gedankenwelt ausführlich zu entwickeln, wie sie Plotin in Schriften niedergelegt hat, welche zugleich auch die Zeugnisse für die Beziehungen abgeben, in denen Plotin zu den übrigen geistigen Mächten seiner Zeit und der Vorzeit gestanden hat. Erst nach diesen Untersuchungen wird sich dann endgültig die Frage nach Plotins eigentlicher Weltaufgabe und Weltstellung erörtern und vielleicht beantworten lassen. —

Bei der Betrachtung des geistigen Lebens in Rom und im römischen Weltreich könnte es zunächst scheinen, als ob wir nur eine grosse Grabstätte zu beleuchten hätten, in der als Trümmerhaufen aufgeschüttet liegt, was die Völker der alten Welt an nationalen geistigen Gütern gepflegt und besessen hatten. Der Mund der Sänger war verstummt, die Tempel glänzten nicht mehr wie ehemals im festlichen Schmucke, kein Socrates wusste die Jünglinge für Weisheit zu entzünden und das Weltreich, das alle Nationen in sich aufgenommen hatte, konnte den Einzelnen nicht Vaterland sein. Indessen ist allen Erscheinungen jener Zeit keineswegs der Stempel des Verfalls aufgedrückt. Wie es oft geschieht, dass sich erst im Tode die grösste Kraft und Schönheit entfaltet, und dass nur aus der Vernichtung heraus sich siegreich das Neue, und weil es die Vernichtung überwunden, ewig Dauernde entfaltet, so auch in jener Zeit. Mitten unter dem Verfall brachen sich Richtungen Bahn, welche dem Geist, der unbefriedigt seine alten Formen gesprengt hatte, für seine Sehnsucht einen neuen Gehalt und eine neue Form schaffen wollten. Dieselben Geistesmächte, welche den Verfall der alten Religionen, Philosophieen und Lebensrichtungen herbeigeführt hatten, die römische politische Weltmacht und die griechische Geistesmacht, sind auch Voraussetzungen einer Neugestaltung der religiösen, wissenschaftlichen und sittlichen Lebensrichtung. —

Die Tendenz der römischen Weltherrschaft war eine universale. Die Scheidewände, welche die Völker getrennt hatten, fielen, was streng geschieden oft im Gegensatz zu einander bestanden hatte, berührte sich, alle Früchte der bisherigen besondern Entwicklung wurden ein allgemeines Gut. Damit war zwar der Untergang alles Besondern, Nationalen, Individuellen und somit auch das der Religion und Wissenschaft ausgesprochen. An seine Stelle aber trat neben einem Eklekticismus, der sich mit allem Bestehenden befreundete und die widerstreitenden Elemente in sich einte, eine Richtung, die vorzugsweise in Religion und Wissenschaft über das Besondere und Particularistische des Nationalen kosmopolitisch zum allgemein-Menschlichen sich erhob, indem sie ein neues universales, religiös-sittliches Princip aufstellte. Die blosse politische Einheit aber hätte dies wohl kaum zu Wege gebracht, wenn nicht das gemeinsame Band der hellenischen Sprache und Bildung die Völker geistig genähert hätte. In griechischer Sprache sollten dann auch alle die Schriften verfasst werden, welche in verschiedenen Richtungen das neue religiös-sittliche Weltprincip jener Zeiten aussprachen, welche statt des Bürgers den Menschen und diesen in seinen zeitlichen und ewigen Beziehungen ins Auge fassten.

Der religiöse Zustand in den Gemüthern der Menschen war ein durchaus gebrochener. Zwar bestanden die alten Culte alle noch fort, aber als todte und entwerthete Formen. Nicht mehr der Glaube, sondern der Aberglaube, welcher der stete Begleiter des Unglaubens ist, trieb die nach frommen Erregungen sehnsüchtigen Seelen zur Anbetung der heidnischen Götter. — Die Culte selbst durch das grosse Römerreich hindurch waren die mannigfaltigsten.[1]) Der Römerglaube ist nie mit dem Anspruch aufgetreten, Weltreligion zu sein, sondern die Welteroberer gestatteten allen besiegten Völkern die freie Ausübung ihrer Anbetungsweise. Die Gründe für diese Erscheinung, dass die Römer den Völkern ihren Glauben nie aufzudringen versuchten und sich mit allen bestehenden Culten zu befreunden schienen, liegen einmal im Wesen des Polytheismus, der alle fremden Götter leicht den seinigen beizugesellen bereit ist, und in der Staatsklugheit der Römer, welche, um die unterjochten um so mehr unterdrücken zu können, ihnen einen Schein selbständiger Existenz liessen. So bestanden in Griechenland, Kleinasien und Sicilien nicht nur die Culte der zwölf Hauptgötter, sondern auch die Localculte fort. Die Orakel weissagten fort und fort, wenn sie auch ihren politischen Einfluss eingebüsst hatten und meist nur in Privatangelegenheiten von Privatpersonen befragt wurden. Opfer wurden von Städten und von einzelnen

---

[1]) Tzschirner: der Fall des Heidenthums (ed. Niedner) 1829. p. 48-79.

dargebracht, doch hörte das nationale Opfer zu Delphi auf. Der religiöse Zustand Syriens und Aegyptens war theilweise durch griechischen Einfluss umgestaltet worden, wenn wir auch oft an Stellen, an denen alte Schriftsteller von dem Cultus eines griechischen Gottes dem Namen nach reden, doch dahinter den Gott einer andern Nation erblicken müssen. Neben jener Gräcisirung der Culte wurden aber überall die alten nationalen Götter verehrt, so in Syrien die Astarte, in Aegypten die heiligen Thiere und Serapis und selbst in Carthago, wo die Römer politische Veranlassung hatten, die ursprüngliche mit dem Staatsleben verwachsene Religion zu zerstören, bestand der ursprüngliche Cultus noch fort und dem Baal bluteten Menschen.

In Rom [2]) war nun als in einem Mittelpunkte versammelt und vereinigt, was sonst einzeln und in den Ländern zerstreut bestand. Hier sammelten sich die Gottesdienste der Welt zu einem bunten Gemisch. Mit den Statuen, welche die Römer als Beute mitbrachten, kehrten hier die griechischen Götter ein, in denen der Römer seine eignen Götter wiedererkannte und gläubig verehrte. Orientalische Culte mit ihrem sinnlichen Pompe, ihren phantastischen Symbolen, ihrer ascetischen Sittenstrenge, aber auch mit ihrer Unzucht fanden in Rom leicht Eingang und grosse Verbreitung. Die Mysterien der Isis, des Mithras, die Priester der Cybele kamen nach Italien und Rom; und vorzugsweise die Frauen wurden von den neuen religiösen Erscheinungen lebhaft ergriffen. Allgemein war der Aberglaube an Astrologie, Zaubereien und Liebestränke, weissagende Chaldäer wurden als Hauptastrologen gebraucht. Eine Anzahl von Juden hatte sich ferner im Mittelpunkt des Reichs zusammengefunden und ihren reinern geistigen und sittlichen Cultus nach Rom gebracht. Den meisten Anhang unter diesen Culten fanden die Mysterien der Isis und des Mithras; zu ihnen trat die Kaiserverehrung, die als eine Verirrung der Zeit in Aufnahme kam. Endlich haben wir unter den Religionen, deren Culte zu Rom gefeiert wurden, das Christenthum zu nennen, das sowohl in seiner reinen katholischen Gestalt, als in seiner trüben Mischung mit

---

[2]) Friedländer: Darstellungen aus der Sittengeschichte Roms 1862. Thl. I. p. 293 fg. cf. Tacitus Ann. XV, 44. Hist. I, 22. V, 5 Juvenal. Sat. VI p. 506—55. Apulej. Met. lib. XI.

ethnischen Elementen, als Gnosticismus in Rom seine Anhänger fand und die übergreifende, Alles besiegende Macht wurde. — Die Kaiser beförderten im Allgemeinen diese Religionsmengerei, wenn sie auch mitunter Massregeln zur Unterdrückung des einen oder andern Cultus ergriffen; und in einem Heliogabal und Alexander Severus erhielt der Religionssyncretismus Beschützer auf dem Thron der Weltbeherrscher.

Diese Culte aber bestanden, wie schon bemerkt, keineswegs in alter Kraft und in altem Glanze, sondern führten eine Scheinexistenz, indem sie als hohle Formen, unterstützt durch das Ansehn, das ihr Alter und die lange Gewöhnung an sie ihnen verschaffte, beibehalten wurden. Ihre Bedeutung hatten sie verloren; aus nationalen Culten sanken die orientalischen Religionen zu Wahrsagerkünsten herab, die den abergläubischen Sinn fesselten; der Glaube an die griechischen und römischen Götter war längst dahin. Wir können diesen Zustand nur dann erst recht begreifen, wenn wir auf die Gründe dieser Auflösung etwas näher eingehen, die wir sowohl in der römischen Weltmacht wie in der griechischen Philosophie zu suchen haben. —

Fragen wir zuerst nach den politischen Einflüssen [3]), welche den Untergang der alten Culte herbeiführten, so ist vor Allem hervorzuheben, dass die Römer, indem sie die Nationalität der Völker vernichteten, ihnen die Selbständigkeit und Freiheit raubten, ihnen auch den Quell ihres eigenthümlichen Geisteslebens versiegen machten; so dass, was von nationalen Lebensäusserungen und Einrichtungen bei ihnen fortbestand, zu hohlen Formen wurde. Indem das ganze innerliche Geistesleben sank, verlor auch die Religion an Werth und Bedeutung. Nicht wenig trug auch der aus politischen Gründen geübte Indifferentismus der römischen Staatsgewalt gegen die Götter der besiegten Völker und ihre Bereitwilligkeit, selbst die fremden Culte anzunehmen, zum Verfall der nationalen Religionen bei. Diese Gleichgültigkeit liess die Religionen selbst als etwas durchaus Unbedeutendes erscheinen, und indem neben Fortdauer der durch Alter und Bestehen ehrwürdigen Religionen auch die Götter der übrigen Völker allmählig in den Kreis der Verehrung aufgenommen wurden, verlor der nationale Cult selbst an Bedeu-

---

[3]) Tzchirner a. a. O p. 112 fg

lung. — Nur die Verhältnisse des Römerreichs ferner machten jene wandernden Priesterschaaren möglich, welche die orientalischen Culte ausbreiteten, aber ohne Stützpunkt in der bürgerlichen Gesellschaft, oft mehr abentheuernde Betrüger und Bettler als Diener der Religion, nur Anstoss erregen und die Religion herabwürdigen konnten. — Auch verloren alle religiösen Institute durch die Römer ihre politische Bedeutung; die Tempel wurden zerstört und beraubt, die Statuen nach Rom geführt und die Kaiserbilder, welche an ihrer Stelle errichtet wurden, konnten den Griechen die nationalen Heiligthümer nicht ersetzen. In der Kaiser- und Menschenanbetung liegt ein antireligiöses Element, das alle Religion in Verachtung bringen musste. Auch die Anstellungen von Rhetoren und Philosophen unter Antoninus Pius in allen Provinzen des Reichs war nur geeignet den tiefern Verfall der mythischen Religion herbeizuführen.

Wenn wir aber den eigentlichen Gründen des Verfalls der mythischen Religion nachspüren wollen, so müssen wir auf die Entzweiung mythischer Religion und der Philosophie zurückgehen, wie dieselbe schon seit der Zeit der Eleaten und Sophisten offen zu Tage getreten war, und zur Zeit der römischen Herrschaft allgemeine Verbreitung gefunden hatte. —

Der Kampf, den die Philosophen gegen die mythische Religion führten, bestand zuerst in einer Kritik der Mythen; die Widersprüche der mythologischen Vorstellungen gegen die Gottesidee wurden aufgedeckt. So bestreitet z. B. ein Xenophanes [4]) die anthropomorphischen Vorstellungen und die Ansichten von der Vielheit, von der Entstehung, von der Wandelbarkeit und Beschränktheit der Götter; ein Plato [5]) erklärte sich gegen das Unsittliche der Mythen und eine unwürdige Gottesverehrung. Andere versuchten die Mythen zu erklären. Die Einen von ihnen erklärten die Mythen physisch: z. B. Anaxagoras [6]), der die Sonne nicht für einen Gott, sondern für eine glühende Masse hielt, Prodikos [7]), der lehrte,

---

[4]) Clem. Alex. opp. Coln. 1688. Strom. VII. p. 711 b. V. p. 601. Euseb.: praep. evangelic. XIII, 13.
[5]) Rep. II. 377. E. fg.
[6]) Zeller: Phil. d. Griech. I. p. 703.
[7]) Cic.: de natura deorum I, 42.

dass die Menschen nützliche Naturgegenstände zu Göttern erhoben hätten; endlich sind die Stoiker zu nennen, welche mythische Vorstellungen in physische verwandelten. Andere deuteten die Mythen ethisch oder historisch, wie Metrodorus u. a. Der namhafteste unter den Philosophen dieser Art ist Euemerus von Messene [8]), der in allen Göttern entweder Naturerscheinungen und Weltkörper sah, oder dieselben zu Königen, Feldherren und Seefahrern herabsetzte. Die grösste Macht zur Entwerthung der Volksreligion bildeten aber die neuen sittlichen und religiösen Anschauungen, welche die Philosophie stillschweigend an die Stelle der mythischen Vorstellungen gesetzt hatte. Aus der ältern Zeit tritt uns bedeutsam in dieser Beziehung die gnomische Weisheit und die Philosophie des Pythagoras entgegen. Xenophanes behauptete die Einheit, Ewigkeit, Unveränderlichkeit, Unendlichkeit der Götter. Socrates schloss aus der vernünftigen Einrichtung der Welt auf einen vernünftigen Urheber; in seinem Leben bewährte er Ergebung in den Willen der Götter und das Walten der Vorsehung und starb freudig in hoher Zuversicht auf Unsterblichkeit. Die reinere Gottesidee eines Plato, der Gott und die Idee des Guten identisch setzte und die Vorstellung des Neides der Götter entfernte, seine philosophische Begründung der Unsterblichkeit, seine Lehre von der Reinigung der Seele waren weit über die Volksvorstellungen hinausgreifende religiöse Gedanken. Auch die Lehren der Stoiker, ihr Glaube an die Vorsehung und Lenkung der Dinge durch das Schicksal stehen hoch über der mythischen Religion. In der Hymne des Cleanthes auf Zeus erscheint Gott als Führer der Natur, der Alles nach Gesetzen lenkt und mit Gerechtigkeit leitet, ohne den Nichts geschieht, als das Böse, das er jedoch auch zum Guten zu lenken weiss. Solche philosophische Ansichten wurden seit dem Zeitalter des Pericles eine Lebensmacht, deren Wirkungen und Spuren sich von da ab bei allen Schriftstellern nachweisen lässt. Mit der griechischen Philosophie ging nun auch der Unglaube an die Volksgötter in das Römerreich über. Wir haben mehr oder weniger Einflüsse griechischer Wissenschaft überall anzunehmen, wo wir bei den Römern Zweifel an der alten Religion ausgesprochen finden. Weniger von einem selbständigen Denken, als von einer Reproduction

---

[8]) Euseb.: praep. evangel. II. 2.

und Erweiterung der griechischen Gedanken ist bei ihnen die Rede. Zum Belege dieser Behauptung gelten die Ansichten des P. Terentius Varro [9]), Cicero, Seneca [10]), Plinius Secundus [11]), Lucretius [12]). In der spätern Entwicklung der Philosophie stellte sich allmählig eine grosse Gleichgültigkeit gegen alle Volksreligion ein, höchstens dienten die Namen der Götter zur Bezeichnung von Begriffen. Die Stoiker fanden in den Lehren ihres Systems genug Befriedigung, und sowohl Epictet wie Marc-Aurel, wenn sie auch den öffentlichen Glauben nicht bestreiten, vielmehr sich der gangbaren Redeweisen und Gebräuche bedienen, zeigen doch ihre Entfremdung von der Religion der Völker. Der Scepticismus blieb bei dem gleichgültigen Zweifel stehen, bei dem sich der Sophist Protagoras beruhigt hatte. Denn der Skeptiker, sagt Sextus [13]), verfährt am sichersten von allen Philosophen, indem er gemäss den vaterländischen Gesetzen und Einrichtungen sagt, dass Götter sind und Alles, was zu ihrer Verehrung und Frömmigkeit gehört, beobachtet, als Philosoph aber keine unbesonnene Behauptung — (weder dass Götter sind noch dass sie nicht sind) sich erlaubt. — Aus der Epicureischen Schule gingen späterhin offene Verächter und Spötter der Volksreligion hervor, obwohl Epicur selbst die Götter mehr nur mit Gleichgültigkeit behandelt und dieselben still beseitigt hatte. Unter den Epicureern sind als Kritiker der Volksreligion hervorzuheben Oenomaus und Lucian von Samosata. Von des Oenomaus Schrift gegen die Wahrsager findet sich ein Fragment bei Eusebius [14]), aus dem hervorgeht, dass die Orakel und die Mantik der Gegenstand seiner Kritik waren. Aus den Schriften des Lucian können wir lernen, was ein fein gebildeter Mann, der nicht ohne tiefern Geisteszug war, etwa über mythische Vorstellungen dachte. Er ist der schärfste, aber auch letzte Kritiker derselben, denn nach ihm findet der denkwürdige Umschwung in der ganzen heidnischen Welt statt, wesentlich mit hervorgerufen durch die Neuplatoniker,

---

[9]) Augustin de civitate Dei; IV, cap. 31. lib. VI. cap. 2—5. lib. VII. cap 5—6. 23.
[10]) Augustin de civ. Dei. VI. cap. 10. cf. Senec. Epist. 10, 41.
[11]) Hist. natur. II. cap. 5.
[12]) cf. Hildebrandt: Lucretii de primordiis doctrina. 1864. p. 1 fg.
[13]) Adv. Physicos. lib. IX. cap. 49.
[14]) Euseb. Praep. Evgl. V, 18.

der die Religion in den Mittelpunkt der Interessen setzte und sich mit den Volksreligionen wieder befreundete. Lucian fand an den Vorstellungen von menschlich gearteten Göttern, von dem jenseitigen Zustande der Seele in der Unterwelt, von Orakel und Opfern eine willkommne Beute seiner Laune. Mit dem feinen, aber sicher tödtenden Stiche des Witzes vernichtet er die Olympier, alle Widersprüche und unwürdigen Vorstellungen der Mythologie legt er in ihrer Blösse dar und ist unerschöpflich, immer neue komische Situationen zu erfinden, in der die Götter ihre eigne Beschränktheit, Unsittlichkeit und Nichtigkeit eingestehen und sich selbst kritisiren. Von seinen Schriften gehören vorzugsweise hierher: Die Göttergespräche, die Todtengespräche, Zeus Tragödus, der überwiesene Zeus, die Schrift von den Opfern. Unter ihnen haben die Todtengespräche den meisten Werth, insofern sie von der tiefen Anschauung getragen sind, dass der Tod Alles gleichmache, allen unwürdigen menschlichen Bestrebungen ein Ziel setze, oft als wohlverdiente Strafe des Schicksals über den Menschen hereinbreche, dass nur der Arme und der Weise recht zu sterben gelernt haben. In ihnen liegt eine Aufforderung und Anweisung zum rechten Gebrauch des Lebens. —

So zerfielen die alten Religionen und wurden zu abgestorbenen Formen, in denen sich der religiöse Geist nur unbefriedigt bewegte. Je tiefer bei der Unsittlichkeit der damaligen Welt und den mannigfachen unglücklichen Zuständen das religiöse Bedürfniss wurde, je stärker die Sehnsucht nach Versöhnung hervortrat, um so grösser wurde das Gefühl der Leere. Der Bruch zwischen der Wissenschaft und den religiösen Lebensmächten war einmal eingetreten, selbst wenn sich erstere mit ihnen befreundete, so entleerte sie doch die alten Namen und Vorstellungen ihres ursprünglichen Inhalts und trug neue Begriffe hinein. Der durch die Aufklärung wachgerufene Zweifel raubte auch die Innigkeit der Hingabe an die religiösen Mächte und erstickte das warme Emporlodern des Gefühls mit dem Eiseshauch kritischer Betrachtung. Aus dem innern religiösen Bedürfniss und jenem Mangel an Befriedigung schreibt sich die Hinneigung der damaligen Zeit zu allen neuen Erscheinungen, die, mit dem Reiz des Wunderbaren angethan, dem religiösen oder vielmehr abergläubischen Interesse zu genügen versprachen, ein Interesse, das in der Enttäuschung nicht endete, da es zu tief in der menschlichen Natur begründet ist. So stritt Unglauben mit dem Aberglauben, Glaube mit dem Wissen, Hingebung mit Verzweiflung; kein Wunder, wenn daher edle und begabte Geister neue Bahnen suchten zur Erkenntniss und Gemeinschaft Gottes, einer jenseitigen Welt und einer Versöhnung im räthsel- und kampfvollen irdischen Dasein. Den Anblick eines ähnlichen Zustandes, wie die Religion, bot die Philosophie dar. Sie hatte sich, wie die Religion als eine Zahl von Culten, so sie als eine Zahl von Schulen entwickelt, die nun nebeneinander bestanden und in den Hauptstädten alle ihre Vertreter fanden. Jede von ihnen behauptete die Wahrheit und Weisheit zu lehren und jede widersprach der andern; jede lehrte auch etwas allem Andern ganz Entgegengesetztes, so dass der Unbefangene diesem Streit der Richtungen und Systeme gegenüber verwirrt werden und über dem Kampf der Schulen an der Weisheit selbst zu zweifeln anfangen musste. Wenn es nicht zu diesem Zweifel kam, so bildete sich ein Eklekticismus, welcher nach Willkühr Lehren der verschiedenen Schulen zu verbinden suchte, und ein philosophisches Gegenbild des Religionssyncretismus darbietet. Aber auch abgesehn von dieser durch den Streit der Meinungen herbeigeführten Reflexion, die auf die Unwahrheit der einzelnen Systeme als einzelne schloss, konnte auch keine der auftretenden nacharistotelischen Schulen für sich das sittliche und religiöse Bedürfniss völlig befriedigen, wie dies in gewisser Hinsicht ein Socrates und Plato gethan hatte. Die metaphysischen Lehren der Stoa erwiesen sich als ungenügend, weil sie darauf hinauskamen, Alles aus einem materiellen Princip herzuleiten. Ihre Lehre von der mit blinder Nothwendigkeit wirkenden Weltseele hob alle Freiheit auf. In der Erklärung der psychologischen Thatsachen aus ihrem materialistischen Princip verwickelten sie sich in tausend Widersinnigkeiten. Ihre Ethik wurde den Anforderungen des Lebens nicht gerecht und führte selbst durch ihre Lehre von der Selbstgenügsamkeit des auf sich zurückgezogenen Weisen zur Ueberhebung. Noch weniger konnte aus der atomistischen Ansicht des Epicureismus die Harmonie und Ordnung des Weltalls und die geistigen Functionen der Seele erklärt werden, noch weniger genügten seine ethischen und religiösen Lehren dem sittlichen und frommen Gefühle. Der Skepticismus sprach offen seine Rathlosigkeit und Unfähigkeit zur Erkenntniss aus und zeigte damit an, dass die eigentlich philosophische Productivität erloschen war und die griechische Philosophie ihrem Ende entgegen ging. Selbst aber in dem Falle, wenn die Philosophie an Stelle des Materialismus und Kriticismus einen dauernden Besitz wahrer Erkenntnisse hätte bieten können, so vermochte sie, da sie wissenschaftliche Befähigung und eindringende Beschäftigung erforderte, immer nur der Besitz einiger besonders Gebildeter zu sein, sie konnte bei der Strenge ihrer begrifflichen Form nie Volks- und Weltmacht werden und zeigte sich somit als ungenügend zur Befriedigung eines allgemein menschlichen Bedürfnisses nach dem Inbesitz der Wahrheit. Die Behandlung, welche die Philosophen von den römischen Kaisern erfuhren, mochte sie nun eine verächtliche oder ehrenvolle sein, konnte in keinem Falle der Philosphie zu Gute kommen. Die Kaiser unterhielten an ihrem Hofe zwar eine Zahl von Philosophen, wie es überhaupt in allen grössern römischen Häusern Mode war, einen Hausphilosophen — meist einen Epicureer — zur Unterhaltung zu haben. Sie mussten sich dann gefallen lassen, gelegentlich die Zielscheibe des Witzes der Kaiser zu sein, wie sie z. B. von Nero behandelt wurden. Man belustigte sich an ihren Disputationen, suchte sie durch Spitzfindigkeiten in Verlegenheit zu setzen und misshandelte sie auf eine brutale oder feine, darum aber nur verletzendere, Weise. Das konnte die Philosophie nur in Misscredit bringen. Unter den Antoninen fanden zwar alle Philosophenschulen reiche Gunst und es wurden freigebige Gehalte für die Lehrer der Philosophie ausgesetzt. Der Erkenntniss der Wahrheit war damit nicht geholfen. Es war nur Stoff zu Cabale und Intriguen gegeben; wie es wohl geschieht, mochten Schönredner und charakterlose Menschen eine glänzende Stellung erringen, bei denen aller äussere Wohlstand auch nicht einen Gedanken von Bedeutung hervorrufen konnte. Die stoische Philosophie erstieg in Marc-Aurel endlich den Kaiserthron; aber was ist der Liebe zur Weisheit und Wahrheit damit gedient, wenn die einseitige Richtung einer Schule herrscht, und schon durch den Glanz der äussern Stellung die Wahrheit verdunkelt, die in andern Ansichten verborgen liegt? —

Endlich trug das in Aufnahme kommende Geschlecht der sogenannten Sophisten nicht wenig dazu bei, die Schulphilosophie zu misscreditiren. Es waren geistreiche Rhetoren, welche die brauchbaren Gedanken aller Systeme in populärer und ansprechender Form dem Volke vortrugen und darum grössern Anklang fanden als die Philosophen, welche sich in den Formen der Schule bewegten. Bei Manchen mochte die Absicht auf Täuschung und Belustigung durch rednerische Scheinkünste nicht ausbleiben, durch Concurrenz wurde die philosophische Waare selbst im Preise herabgedrückt, die Philosophie wurde zu einer Kunst um die Gunst der Menge zu buhlen und so entweder die Eitelkeit zu befriedigen oder Geld zu erwerben. Lucian, selbst ein Sophist, schildert uns in seinen Schriften, wenn auch mit etwas sehr grellen Farben, dieses Scheinwesen der Philosophen. Er entblösst sie in ihrer Unwissenheit, Scheinweisheit, niedrigen Gesinnung und scheinheiligen Tugend; besonders weist er auf den Widerspruch ihres Lebens und ihrer Lehre hin. Von vielen Dialogen sind beispielsweise die neuen Lapithen, der Verkauf der philosophischen Sekten Ikaromelanippos u. a. als Belege anzuführen.

Nicht in der Volksreligion, nicht in der Philosophie lag eine Macht, welche dem Leben der Völker einen sittlichen Halt hätte geben können. Jene entwertheten und unbefriedigenden Formen des geistigen Lebens mochten vielmehr Manchem Veranlassung geben, im materiellen Genuss Befriedigung zu suchen und verleiteten somit zur Unsittlichkeit. Durch die Auflösung der einzelnen Staaten in das römische Weltreich hatten die Völker überhaupt den Wirkungskreis verloren, in welchem sie sich allein mit regem eignen Interesse sittlich bethätigen konnten.[15]) Für den Staat hatte der Grieche gelebt, nur im Staate konnte nach einem Plato und Aristoteles das sittliche Ideal verwirklicht werden. Das hatte während der römischen Weltherrschaft aufgehört. Im Verlust des politischen, der Individualität der Alten entsprechenden, Wirkungskreises, in der Ertödtung des Interesses für denselben liegt der Grund der Demoralisation der Völker, abgesehen von den Verirrungen des sittlichen Lebens, in welche der religiöse Schiffbruch, den die heidnische Welt erlitten hatte, führte. Man kann sagen, dass zerrüttete politische Verhältnisse und sittliche Corruption die Völker den Römern in die Hände geliefert haben, der eigentlich vergiftende und das Leben ertödtende Pesthauch ging aber auch für sie von Rom aus. Es genüge, auf diesen Verfall der Sitten hingedeutet zu haben.

Mitten in der allgemeinen Auflösung lag aber auch bereits der Keim der Neugestaltung. —

---

[15]) Hermann: Culturgeschichte d. Griechen u. Römer. 1858. II, p. 175.

Jener Religionssyncretismus begünstigte eine religionsphilosophische Ansicht, indem er von jedem besondern Cultus entfremdete und so eine unbefangene Betrachtung und ruhige Würdigung des Einseitigen der einzelnen Religionsformen und der besonderen gottesdienstlichen Gebräuche möglich machte. Es wurde dem Gedanken Bahn gebrochen, dass in allen Culten eigentlich nur unter verschiedenen Namen dieselbe Macht von den Völkern verehrt worden sei, und man fing an hinter den Religionen die Religion zu suchen, die in reiner Geistigkeit als eine an die Stelle jener veralteten besondern Religionsformen treten sollte. Auch in Bezug auf die Philosophie musste der Eklekticismus dazu führen, nach der einen Wahrheit zu forschen, die im Hintergrunde aller einzelnen Systeme verborgen liegen müsste. Religion und Philosophie traten in ein näheres Verhältniss zu einander. Es wurde höchstes Problem der Wissenschaft, die Fragen über die Bedingungen der Glückseligkeit des Menschen zu erörtern. Die philosophische Erhebung und begeisterte Andacht, das speculative Denken und die intuitive Erkenntniss, das moralische Verhalten des Weisen und die Weihen und Reinigungen des Priesters wurden ein und derselbe Seelenact, der Philosoph selber wurde Priester. Seine Philosophie erkannte, wie das Göttliche sich zur Welt herabsenkte und diese Erkenntniss diente ihm selbst zu einer Erhebung zum Göttlichen. Beide, Philosophie und Religion, traten in den Dienst des Lebens; für das praktische Handeln sollten die höchsten Ziele, für die sittlichen Gebrechen der Zeit die Heilung gefunden werden. Die tiefsten Räthsel des Daseins und die Widersprüche des Schicksals suchte man zu lösen und den Menschen aus den Schranken des Lebens in eine jenseitige ideale Welt zu erheben. Der ganze Mensch wurde ins Auge gefasst, und die neu hervortretende Richtung musste bei einem religiösen Grundcharakter zugleich im Stande sein, das sittliche Leben wie die Wissenschaft umzugestalten, jenem wie dieser den ewigen Gehalt des Guten und Wahren zu verleihen, und so die Grundprobleme der menschlichen Existenz und Bestimmung mit einem Wurfe zu lösen. —

Solche Versuche waren seit alter Zeit in der hellenischen Philosophie hervorgetreten und sie bilden die positiven Anknüpfungspunkte für jene Erscheinungen, welche eine Lösung der gestellten Aufgabe anstrebten. Zuerst ist die Pythagoreische Philosophie zu nennen. In ihr finden wir eine gleiche Berücksichtigung des wissenschaftlichen wie religiösen Interesses, ihre ganze Tendenz war eine ethische. Neben den Namen des Pythagoras tritt in dieser Beziehung der des Plato. Er vergeistigte die religiöse Denkweise und führte den Polytheismus auf eine gewisse Einheit des Göttlichen zurück. Er fasste als höchste Idee die des Guten auf, er stellte als sittliche Lebensaufgabe die Erlösung und Befreiung der Seele aus den Schranken des sinnlichen Lebens und ihre Erhebung in die Welt der Ideen hin, er lehrte die Unsterblichkeit der Seelen. Auch die ganze nacharistotelische Philosophie hat einen durchaus ethischen Charakter, die Frage nach dem höchsten Gut, nach Tugend und Glückseligkeit, nach Freiheit, nach der Vorsehung traten in den Mittelpunkt der philosophischen Untersuchungen und nicht nur der Stoicismus, auch der Epikureismus war eine Antwort gerade auf diese Fragen. Die skeptische Philosophie gewann die grösste Bedeutung wohl dadurch, dass sie das Ungenügende der bisherigen Philosophie, das Ungenügende des endlichen Erkennens und syllogistischen Denkens darthat. Vorzugsweise an Pythagoras und Plato lehnten sich aber alle religiös-philosophischen Bestrebungen an, die durch charakteristische Grundgedanken der Philosophie Plotins verwandt sind, und ihr auch zeitlich nahe stehn und die wir somit als Plotins Vorläufer zu bezeichnen haben. Auch diese Geistesrichtung hatte, wie zerstreut im Reich, so auch besonders im Mittelpunkt desselben, in Rom, ihre mannigfachen Vertreter.

Seit den letzten Decennien des ersten, dann aber im zweiten Jahrhundert, traten die Männer hervor, welche wieder auf Pythagoras und Plato zurückgingen und in einer Zeit der religiösen Sehnsucht und vielfachen Beschäftigung mit einer grossen Vergangenheit der Phantasie und dem Nachdenken Nahrung gaben, die Ansichten verschiedener Systeme versöhnten und sich mit den herrschenden Religionsmeinungen und Einrichtungen befreundeten. Von Vielen dieser Platoniker und Pythagoreer sind uns nur die Namen, dürftige Notizen und einzelne Fragmente überliefert. Zu ihnen gehören Apollonius von Tyana unter Vespasian und Domitian, Trasyll von Mendes [16]) zur Zeit des Tiberius, Moderatus aus Gadeira, Nikomachus aus Gerasa, Theon von Smyrna unter Trajan und Hadrian, Phavorinus von Arelate um dieselbe Zeit, Calvisius Taurus

---

[16]) C. Fr. Hermann: Geschichte u. System der platon. Philos. 1839. p. 358. p. 560.

aus Berytus im antoninischen Zeitalter, Alkinous, der eine Einleitung in die platonische Philosophie schrieb, Attikus [17]) und Numenius, [18]) von dessen religionsphilosophischem System wir eine fragmentarische Kenntniss besitzen. Die bedeutendsten Platoniker sind aber Plutarch von Chaeronea, Maximus Tyrius und Apulejus von Madaura, wenn sie gerade auch nicht Philosophen ersten Ranges sind. Es würde zu weit führen, die Ansichten dieser Männer ausführlich hier zu besprechen, nur noch auf zwei ist hinzuweisen, die kurz vor Plotin in Rom unter Heliogabal und Alexander Severus, den beiden religionsfreundlichen Kaisern, lebten und welche denselben Sinn bethätigten, der sich später im Neuplatonismus des Plotin und Porphyrius Bahn brach. Es ist dies Claudius Aelianus, der eine Schrift von der Vorsehung gegen die Epicureer schrieb, und eine andere, in welcher er viel von Heilungen, Wunderthaten und Belehrungen frommer Götterdiener erzählte. Der andere ist Flavius Philostratus, der von Julia Domna, der Gemahlin des Alexander Severus, nach Rom gerufen war, hier in ihrer Umgebung lebte und, von ihr aufgefordert, sein Leben des Apollonius von Tyana schrieb. Diese Schrift ist keine Biographie, sondern eine aus mythischen, historischen und philosophischen Bestandtheilen gemischte Darstellung des Lebens eines frommen Weisen, wie ihn sich die damalige religiös-bewegte heidnische Welt dachte. Die Hauptthätigkeit des Apollonius besteht nach Philostrat in der Regeneration der alten Culte und der Erneuerung der Sittensprüche alter Weisheit. Ueber seinem Leben liegt ein Hauch der Reinheit und inniger Andacht, er erscheint als ein von den Göttern reich begnadigter, über allen andern erhabner Mensch, und auch der Reiz des Uebernatürlichen und Wunderbaren fehlt seiner Erscheinung und seinem Wirken nicht. —

An diese Männer reiht sich Plotin und seine Wirksamkeit an, freilich ist er durch die Tiefe seiner Gedanken, durch das Umfassende seiner Weltansicht, durch die Hoheit seiner Persönlichkeit wieder völlig von ihnen geschieden. Seine Aufgabe war keine geringere als die eine geistige Macht zu schaffen, die späterhin selbst mit dem Christenthum in die Schranken treten konnte.

---

[17]) Euseb.: Praep. Evangel. XV. cp. 4—9.
[18]) Euseb.: Praep. Evangel. XIV. cp. 5—9. lib. XV. cp. 17.

Plotin sollte allerdings unter den Einflüssen der alexandrinischen Geistesrichtung, aber dieselben selbständig in sich verarbeitend, vom Standpunkt hellenischer Weltanschauung eine Philosophie begründen, die dem religiösen wie philosophischen Interesse gleicherweise Genüge leisten und eine Weisheit sein sollte, die im Stande wäre, sowohl die sittlichen Gebrechen der Zeit zu heilen als überhaupt dem Menschen die höchsten und ewigen Ziele zu stecken. Seine Philosophie war aber die letzte, nicht unwürdige Kraftanstrengung eines Kämpfers, der den Tod schon in der eignen Brust fühlte. Sein eigentliches Leben gewann Plotins Gedanke erst, als er in den Dienst Christi trat. — Doch folgen wir ihm, ehe wir die Untersuchung über seine Weltstellung in vollem Umfange aufnehmen, zunächst nach Rom.

VII. Plotins äussere Lebensumstände zu Rom.

Still und allmählig begann Plotin in Rom[1] eine Thätigkeit zu entfalten, deren Wirkungen sich in immer weitern Kreisen verbreiten und nachhallen sollten. Seine Thätigkeit macht zunächst nicht den Eindruck, als ob es ihm nur um wissenschaftliche Begründung einer Schulphilosophie zu thun gewesen sei. Seine Wissenschaft wurde ihm vielmehr der geistige Gehalt, den er in die freundschaftlichen Verbindungen zu legen wusste, welche er zu Rom schloss, sodass wieder, wie zur Zeit des Socrates und Plato, Liebe und Philosophie der Geselligkeit und dem Leben einen höhern Schwung gab. Mit der Treue, die wir an ihm in seinem Verhältniss zu seinem Lehrer kennen gelernt haben, pflog er jahrelang mit seinen Freunden Umgang und belehrte sie mündlich in Versammlungen. Es war natürlich, dass diese wissenschaftlichen Unterhaltungen den freien und unmethodischen Gang des Gespräches hatten. Es kam in ihnen auch nicht bloss auf Erkenntnisse an.

---

[1] Porphyr.: de vit. Plotin. cp. 3.

Die Beschäftigung der Phantasie, die Anregung des Gemüths war wohl ebenso dabei Hauptsache, sonst fänden wir wohl keine Frauen unter den Anhängern Plotins. Der ganze Mensch wurde von Plotin in seinem Innersten erfasst und auf die höchsten Lebensziele, auf die Erkenntniss Gottes durch ein Schauen und auf einen reinern Lebenswandel gelenkt. Schule und Leben, Unterricht und Verkehr fielen zusammen. Bald verbreitete sich Plotins Ruf, und junge Männer von Talent und gutem Willen schlossen sich an ihn an. So kam im dritten Jahr seines Aufenthalts in Rom Amelius Gentilianus [2]) zu ihm. Er stammte aus Etrurien, hatte zuerst den Stoiker Lysimachus gehört und kannte die Lehren des Numenius. Es war ein gewissenhafter und religiöser Mensch, denn er beobachtete genau die Opfer, die Gebräuche beim Neumond und die Feste. Mit grossem Fleiss schrieb er auf, was es zu lernen gab, studirte es durch, vervollständigte es durch Erläuterungen und brachte so 100 Bücher zu Stande, die er dem Hesychius von Apamea seinem Adoptivsohn schenkte. Porphyrius berichtet noch von ihm die Spielerei mit seinem Namen, wonach er lieber Amerius als Amelius heissen wollte, die uns gerade nicht zuviel Tiefsinn zeigt. Er blieb bei Plotin 24 Jahre lang bis zum ersten Jahr der Regierung des Claudius und ging dann nach Syrien. Wir finden ihn bei Plotins Tod in Apamea. Er schrieb ausser den oben genannten Aufzeichnungen und Erläuterungen 40 Bücher gegen Zostrianus, dessen Buch behauptet hatte, dass Plato nicht die Tiefe der Wahrheit erfasst habe. Ferner trat er, aufgefordert von Plotin, gegen Porphyrius und dessen Ansicht auf, dass das Intelligible (Ideen) auch ausserhalb der Intelligenz ($νοῦς$) Existenz habe; endlich wird ein Buch von ihm erwähnt: „Ueber den Unterschied der Lehrsätze des Numenius und Plotinus". Porphyrius hat uns einen Brief mitgetheilt, aus welchem die Vielgeschäftigkeit des Mannes hervorgeht, und Eusebius ein Fragment, das vom $λόγος$ handelt. Wenn wir auf Grund dieser Nachrichten ein Urtheil über Amelius aussprechen sollen, so erscheint er doch als ein subalterner Kopf. Auch Longin giebt dies zu, indem er die Weitschweifigkeit und unphilosophische Breite der Schriften des Amelius hervorhebt. Letzterer ist offenbar kein selbständiger Denker und productiver Kopf, sondern

---

[2]) Porphyr.: de vit. Plotin. cp. 3, 17, 18, 20. Euseb.: Praep. Evangel. XI. cp. 18 u. 19.

er ist abhängig von der Autorität seiner Lehrer, geschickt, die Gedanken Anderer aufzufassen, zu erläutern, zu unterscheiden, mehr Gelehrter als Philosoph und höchstens Kritiker. Dem widerspricht nicht, dass Longin sagt: Amelius habe sich einer eignen Art der philosophischen Betrachtung bedient, diese eigne Art war das geistige Eigenthum Plotins und diesem entlehnt, wie Longin selbst hinzufügt, dass Amelius in die Fusstapfen Plotins getreten sei.

Als Plotin 59 Jahr alt war, machte er die für das Schicksal seiner Schriften und Weiterverbreitung seiner Lehre bedeutendste Bekanntschaft, die des Porphyrius.[3]) Porphyrius war einer der Menschen, welche zugleich Dichter, Philosophen und Priester sind, in denen Gemüth, Vernunft und Phantasie auf gleiche Weise walten. Daneben besass er eine grosse Gelehrsamkeit. Seine Herkunft ist nicht ganz aufzuklären. Er war wahrscheinlich 233 p. Chr. zu Batanea einer tyrischen Kolonie in Syrien geboren, wir finden ihn 253 zu Rom, doch ohne, dass er mit Plotin in nähere Berührung kam. Seine Jugendbildung verdankt er dem Origenes (wohl dem Neuplatoniker) und zu Athen dem Apollonius und dem Longin, von denen er rhetorischen, grammatischen und von Longin auch wohl philosophischen Unterricht erhielt. Im Jahr 263 kam er wieder nach Rom und zwar mit dem Rhodier Antonius. Hier fand er zuerst sich mit Amelius zusammen. Plotin suchte er durch einen Angriff auf die Ideenlehre, den Amelius widerlegen musste, herauszufordern und kennen zu lernen. Plotins geistige Ueberlegenheit gewann ihn aber bald zum treuen Schüler, der Verständniss für die tiefsten Gedanken des Meisters, philosophischen Geist und ein treues Herz besass. Plotin würdigte ihn seiner nähern Freundschaft und übertrug ihm die Redaction seiner Schriften. Porphyrius war ein thätiges Mitglied der Schule; er bethätigte sich dichtend, redend und disputirend in den Versammlungen und schrieb Streitschriften in den literarischen Kämpfen. Hierher gehört, was er gegen Diophanes und das apokryphische Buch des Zoroaster schrieb. Er blieb im Ganzen 6 Jahre. Gegen Ende dieser Zeit verfiel er in Schwermuth und fasste den Plan zum Selbst-

---

[3]) Luc. Holstenius: de vita et scriptis Porphyr. in Fabricius Biblioth. Graeca Vol. IV., 2. p. 207 fg. Porphyr.: de vita Plotini cp. 4, 5, 7, 11, 13, 15, 16, 18 etc. Ennap. vit. sophist. (Philostrat. opp. etc. Paris 1849.) p. 455—456.

mord. Plotin erkannte richtig die Ursache des Uebels in einer körperlichen Krankheit und rieth ihm zu reisen. Porphyrius befolgte den Rath und begab sich nach Sicilien, ein fortdauernder Verkehr setzte sich zwischen ihm und Plotin fort. Auch beim Tode des letzteren war Porphyrius noch abwesend, kehrte aber bald darauf, nachdem er von seinen Leiden genesen war, nach Rom zurück. Ueber seine spätern Verhältnisse lässt sich keine volle Klarheit gewinnen, sie gehören nicht hierher.

Auf die Bedeutung dieses Mannes für die Herstellung lesbarer Schriften Plotins, für Verbreitung und Erklärung seiner Philosophie ist schon an verschiedenen Stellen hingewiesen worden. Zu den Schülern Plotins[4]) gehörte ferner der Arzt Paulinus aus Scythopolis, ein Mann voll schiefer Ansichten, der noch vor Plotin starb. Ein anderer Schüler war der Arzt Eustochius aus Alexandrien, der Plotin erst gegen das Ende von dessen Leben kennen lernte und ihn bis zu seinem Tode behandelte. Auch Zethus von arabischer Herkunft war Arzt. Er hatte sich früher viel mit politischen Angelegenheiten beschäftigt, Plotin bemühte sich aber sein·Interesse davon abzulenken. Er lebte mit ihm sehr vertraut und begleitete ihn auf sein Landgut bei Minturnae, das vorher Kastricius besessen hatte, ein Mann von nicht gewöhnlicher Bildung, der politische Beschäftigung mit der Liebe zur Philosophie verband und auch dem Kreise angehörte, den Plotin um sich geschlossen hatte. Ferner sind unter Plotins Schülern zu nennen: der Alexandriner Serapion, der zuerst Rhetor gewesen war, sich aber dann der Beschäftigung mit der Philosophie widmete und der Kritiker und Dichter Zotikus, der des Antimachus Werke verbesserte und die Fabel von der Atlantis in Verse brachte. Selbst Senatoren hingen dem Plotin an und machten dessen Lehren zu Lebensmaximen, so der Senator Marcellus Orontius, Sabellinus, vor Allem aber Rogatianus. Dieser ging in der Verachtung des irdischen Lebens und seiner Güter so weit, dass er sich der Besitzthümer entäusserte, die Sclaven fortschickte, jede Würde ausschlug und seine Amtsgeschäfte als Praetor aufgab. Er verliess sein Haus, ass und wohnte bei seinen Freunden und befreite sich durch strenge Lebensweise von körperlichen Leiden. Plotin schätzte natürlich einen Mann von

---
[4]) Porphyr.: de vita Plotini cp 7.

diesem Ernst der sittlichen Gesinnung und dieser Consequenz des Charakters. Der Ruf unseres Philosophen drang bis an den Kaiserthron. Gallienus [5]) und dessen Gemahlin Salonina ehrten ihn aufs Höchste. Fast wäre es dahin gekommen, dass Plotin eine gewisse politische Bedeutung erhalten hätte. Er erbat sich vom Kaiser eine zerstörte Stadt in Campanien, die er zu einer Philosophenstadt Platonopolis einrichten wollte, die nach Platos Gesetzen regiert werden sollte. Gallienus war nicht abgeneigt dem Gesuche des Plotin zu willfahren, aber die Umgebung des Kaisers, welche wohl einsah, dass der Plan praktisch schwer durchführbar sei, hintertrieb die Sache und brachte den Kaiser davon zurück.

Auch edle Frauen [6]) hingen seiner Lehre an. Zu ihnen gehört Gemina*), in deren Hause er wohnte, und deren Schwester; ferner Amphicleia die Tochter des Ariston u. a.

Die philosophischen Versammlungen, [7]) deren Mittelpunkt Plotin wurde, bieten eher das Bild freundschaftlicher Zusammenkünfte und Unterhaltungen, als geordneter Schulverhältnisse und eines planmässigen Unterrichts dar. Die Grundlage und den Anknüpfungspunkt bildete Lektüre. Man las die Schriften der Platoniker: Severus, Cronius, Attikus, der Peripatetiker Aspasius, Alexander, Adrastus u. a. m. An die vorgelesenen Stellen knüpfte Plotin an. Er fasste das Vorgelesene zusammen, und gab in gedrängter Rede eine kurze aber meist tiefsinnige Betrachtung. Es wird nun angegeben, dass die Art Plotins von der der oben angegebenen Platoniker und Aristoteliker abgewichen sei, und dass er bei der Erklärung den Geist des Ammonius gehabt habe. Dies ist wohl so zu verstehen, dass bei den genannten Commentatoren die philologische, bei Plotin die philosophische Betrachtungsweise vorgewaltet habe, die sich weniger um Worterklärung und buchstäblichen Sinn kümmerte, als auf den begrifflichen Inhalt des Gelesenen, die Kritik desselben und die Entwicklung neuer Ideen näher einging. — Man merkte es der Rede Plotins an, dass er frei von aller Selbstgefälligkeit und allem Hochmuth war, er glich einem wohlwollend

---

[5]) Porphyr. a. a. O. cp. 12.
[6]) Porphyr. a. a. O. cp. 9.
[7]) Porphyr. a. a. O. cpp. 13—15.
*) Scheint mir nicht der Name zu sein, sondern das Lateinische gemina, das Porphyrius vielleicht missverstand.

sich Unterhaltenden. Meist war er beim Sprechen erregt und begeistert, daher flossen ihm die Worte aus der Seele und der innere Kern und Quell seines geistigen Lebens wurde offenbar. Er überlieferte auch nicht sowohl nur angelernten und fremden Wissensstoff, sondern er verhielt sich während der Rede selbstdenkend, war voll Erfindung und gewandt in der augenblicklichen Auffassung und Lösung ihm gestellter Fragen und Probleme. Denn er gestattete Jedem in der Versammlung ihn zu fragen und war unermüdlich im Antworten. So sprach er z. B. mit dem Porphyrius drei Tage lang über die Verbindung der Seele mit dem Körper. Bei der Tiefe des Inhalts seiner Rede vernachlässigte er etwas die Form, so war er ungenau in der Aussprache der Wörter. Nur auf seine Gestalt und sein Gesicht goss seine Rede einen verklärenden Schimmer.

Eine besondre Feier fand in diesen Versammlungen an den Geburtstagen eines Socrates und Plato statt. Man las Gedichte vor und brachte festliche Opfer. So suchte man in das Leben Anregung, Reiz und höhern Gehalt zu legen. Freilich konnte, was man absichtlich herbeiführte, jene grossen Zeiten nicht ersetzen, in denen das Leben selbst voll Poesie und geistigen Hauches war. —

Eine Charakteristik [8] Plotins hat davon auszugehn, dass seine ganze Anlage und Richtung eine durchaus religiöse war. Der Gottesgedanke war das Centrum, mit dem sein ganzer Tiefsinn sich beschäftigte und auf das hin sich sein ganzes Leben richtete. Dies goss über seine Erscheinung den Schimmer heiliger Andacht, den sein Streben nach Reinheit des Wandels, seine sehnsüchtige und schwärmerische Erhebung über alles Zeitliche, seine Schwermuth und glühende Begeisterung noch vermehrte. Ihn trug eine idealistische Grundstimmung, in der er alles Aeusserliche gering achtete; seinen Körper vernachlässigte er und zog sich durch spärliche Kost Schlaflosigkeit zu. Sein ganzes Wesen war ein innerliches und inniges, er war in die eigne Welt des Gemüthes versenkt, dennoch machte ihn diese zurückgezogene Beschaulichkeit nicht unempfänglich für persönlichen Verkehr und nicht ungeschickt für die Anforderungen des Lebens. Plotin war liebenswürdig, mild, zugänglich und für Jedermann bereit, sodass er keinen Feind hatte,

---

[8] Porphyr. a. a. O. cpp. 1, 2, 9, 11, 14.

obwohl er 26 Jahre zu Rom lebte. Er liebte den Umgang mit der Jugend und war ein Vater der Waisen. Männer und Frauen brachten voller Vertrauen ihre Kinder zu ihm und übertrugen ihm die Sorge für ihre Erziehung und die Verwaltung ihres Vermögens. So leitete er die Erziehung des Potamon. — Ein eindringender Scharfblick und grosse Charakterkenntniss zeichneten unsern Philosophen aus. Er verstand in der Seele des Menschen zu lesen, ahnte ihre Anlagen, ihre Vorsätze und warf einen divinatorischen Blick in ihre Zukunft. So erkannte er die Gründe der Schwermuth des Porphyrius und dessen Vorsatz zum Selbstmorde. Endlich wird ihm eine hohe Bescheidenheit nachgerühmt, die ihn vor denen erröthen und verstummen machte, von denen er glaubte, dass sie gleiche Fähigkeiten und gleiches Wissen mit ihm theilten.

Erst spät entschloss sich Plotin zur schriftstellerischen Thätigkeit.[9]) Anfänglich hielt er das Versprechen, das er sich mit Herennius und Origenes gegeben hatte nach der geheimthuenden Weise, welche reinere Erkenntnisse in stillem Besitz halten wollte, von den Lehren des Ammonius schriftlich Nichts bekannt zu machen. Jene brachen aber das gegebene Wort; zuerst Herennius, dann Origenes. Die von Porphyrius aufbehaltenen Titel der Schriften des Origenes: über die Dämonen und der schwer zu erklärende Titel Ὅτι μόνος ποιητὴς ὁ βασιλεύς geben Zeugniss, dass wir es mit einem andern, als dem bekannten Kirchenvater, der übrigens auch den Ammonius Saccas gehört hat, zu thun haben. Plotin hielt sich aber so lange vom Schreiben zurück, bis wohl die grossen Gedankenmassen, die er in sich trug, ihn zu schriftlicher Objectivirung drängten und auch dann wurden seine Schriften meistens gelegentliche Abhandlungen. Die grossen Fragen nach Gott, dem Wesen der Seele und ihrer Unsterblichkeit, nach der Freiheit des Willens, nach den Ideen und der Materie, nach der Tugend und dem höchsten Gut hatten allmälig bei fortgehendem Nachdenken und öfterer Besprechung eine Zahl von Gedanken in der Seele Plotins concentrirt, wobei die dialectischen, physischen und ethischen Materien sich wohl sonderten, ohne dass aber dieselben zu scharf auseinandertraten. Plotin erhielt nun mannigfache Aufforderungen von seinen Schülern, diese Gedankenkreise schriftlich darzustellen;

---

[9]) Porphyr. a. a. O. cap. 8—6; 8.

so begann er dann seit der Zeit des Gallienus zu schreiben und es entstanden 54 Abhandlungen, deren ausführlichere Betrachtung besonderer Darstellung für die Folge aufbehalten bleiben soll. Ebenso erfordert Plotins Weltstellung und sein theilweiser Kampf mit den geistigen Mächten seiner Zeit und der Vorzeit besonderer eingehender Erörterungen. —
Erzählen wir noch kurz, was uns von Plotins Tod [10]) bekannt ist. Nachdem Plotin schon früher mehrfach, z. B. an der Kolik, gekränkelt hatte, fing er endlich im ersten Regierungsjahr des Claudius ernstlich an zu leiden. Er bekam einen bösen Hals, verlor Klang und Reinheit der Stimme, sein Gesicht nahm ab, an Händen und Füssen fanden sich Geschwüre. Er sah sich gezwungen, den Umgang mit seinen Freunden zu Rom aufzugeben, verliess die Stadt und ging nach Campanien auf das Landhaus seines Freundes Zethus. Eustochius, sein Arzt, wohnte damals zu Puteoli. Als Plotin dem Tode nahe war, säumte sein Arzt zu kommen. Als er endlich eintrat, rief Plotin: Nur Dich erwartete ich noch, um das Göttliche in mir zum Göttlichen im All hinaufzuführen. Da kroch eine Schlange unter dem Bett hervor und verschwand in einer Oeffnung der Mauer. Plotins Unsterbliches und seine sterbliche Hülle hatten sich geschieden. —

---

[10]) Porpyr. a. a. O. cp. 1.